BANHO DE LUA

YANICK LAHENS

BANHO DE LUA

Tradução de
Natália Borges Polesso

BAZAR DO TEMPO

Título original: *Bain de lune*

Este livro foi revisado segundo o Acordo Ortográfico da Língua Portuguesa de 1990, em vigor no Brasil desde 2009.

Edição
Ana Cecilia Impellizieri Martins

Produção editorial
Cristiane de Andrade Reis

Assistente editorial
Bruna Ponte

Copidesque
Marina Montrezol

Revisão
Jade Medeiros

Capa, projeto gráfico e diagramação
LeTrastevere

Acompanhamento gráfico
Marina Ambrasas

Arte de capa
Tessa Mars, "Travelling Root II", 2022

CIP-BRASIL. CATALOGAÇÃO NA PUBLICAÇÃO
SINDICATO NACIONAL DOS EDITORES DE LIVROS, RJ

L185b
Lahens, Yanick
Banho de lua / Yanick Lahens; tradução Natalia Borges Polesso.
- 1. ed. - Rio de Janeiro: Bazar do Tempo, 2025.
240 p.
Tradução de: Bain de lune
ISBN 978-65-85984-70-6
1. Romance haitiano. I. Polesso, Natalia Borges. II. Título.
25-100744.0 CDD: 848.997294 CDU: 82-31(729.4)

Gabriela Faray Ferreira Lopes - Bibliotecária - CRB-7/6643
23/09/2025

AMBASSADE DE FRANCE AU BRÉSIL
Liberté
Égalité
Fraternité

INSTITUT FRANÇAIS

FRANÇA BRASIL 2025

Ce livre, publié dans le cadre du Programme de soutien à la publication 2024 Atlantique Noir de l'Ambassade de France au Brésil et de la Saison France-Brésil 2025, a bénéficié du soutien à la publication de l'Institut Français ainsi que du soutien du Ministère de l'Europe et des Affaires étrangères.

Este livro, publicado no âmbito do Programa de Apoio à Publicação 2024 Atlântico Negro da Embaixada da França no Brasil e da Temporada Brasil França 2025, contou com o apoio à publicação do Institut Français assim como com o apoio do Ministério da Europa e das Relações Exteriores.

BAZAR DO TEMPO
PRODUÇÕES E EMPREENDIMENTOS CULTURAIS LTDA.

Rua General Dionísio, 53 - Humaitá
22271-050 Rio de Janeiro - RJ
contato@bazardotempo.com.br
www.bazardotempo.com.br

Eu sou Atibon-Legba
Meu chapéu vem da Guiné
Como o meu bambu de cana
Como a minha velha dor
Como os meus velhos ossos [...]
Eu sou Legba-Bois Legba-Cayes
Eu sou Legba-Signangnon [...]
Para a minha fome quero inhames,
Malangas e jerimuns
Bananas e batatas-doces

René Depestre
Un arc-en-ciel pour l'Occident Chrétien
[Um arco-íris para o Ocidente Cristão]

[...] ele destruiu aquela beleza que me expunha às recaídas sobre as camas do desejo [...]; me pareço com a Morte, aquela velha amante de Deus.

Marguerite Youcenar
Feux
[Fogo]

1

Depois de uma aventura insana de três dias, aqui estou eu, estendida, aos pés de um homem que não conheço. O rosto a dois dedos de seus sapatos enlameados e gastos. O nariz tomado por um fedor que quase me revira o estômago. A ponto de me fazer esquecer essa dor ao redor do pescoço e a carne ferida entre as coxas. É difícil me virar. Me erguer sobre as pernas. Colocar um pé no chão diante do outro e seguir. Para atravessar a distância que me separa de Anse Bleue, a Baía Azul. Se ao menos eu pudesse sair correndo. Se ao menos eu pudesse fugir para a Baía Azul. Nem uma vez eu me viraria. Nem uma única vez.

Mas não posso. Não mais...

Alguma coisa aconteceu no entardecer do primeiro dia do furacão. Alguma coisa que eu ainda não compreendo. Alguma coisa que me destruiu.

Ainda que meus olhos estejam congelados e minha bochecha esquerda apoiada na areia molhada, eu consigo, e fico um pouco aliviada por isso, observar este vilarejo construído como Baía Azul. As mesmas casas estreitas. Todas as portas e todas as janelas fechadas. As mesmas paredes encardidas. De ambos os lados, o mesmo caminho lamacento que leva ao mar.

Tenho vontade de fazer o grito brotar do meu ventre até a garganta e esguichar pela boca. Forte e alto. Muito alto e muito forte, até rasgar essas sombrias nuvens grossas acima da *minha cabeça. Gritar para chamar o Grande Mestre,* Lasirenn** e todos os santos. Eu adoraria que Lasirenn me levasse para longe, bem longe, em seus cabelos longos e sedosos, para descansar meus músculos doloridos, minhas feridas abertas, minha pele toda enrugada por tanta água e tanto sal. Mas até que ela ouça o meu chamado, só posso ocupar o tempo. E nada mais...*

De tudo que vejo.

De tudo que escuto.

De tudo que minhas narinas sentem.

De cada pensamento fugaz, amplo, dominante. Enquanto espero compreender o que me aconteceu.

O desconhecido tirou o celular do bolso direito: um Nokia barato, como vemos cada vez mais no Supermercado All Stars em Baudelet. Mas ele não conseguiu usá-lo. Se tremia todo. Tanto que o telefone escorregou de suas mãos e caiu bem na minha têmpora esquerda. Mais um pouco e o Nokia teria acabado por me furar o olho...

O homem recuou bruscamente com os olhos apavorados. Então, tomando coragem, dobrou o torso devagar e esticou o braço. Com um gesto rápido, pegou o telefone, tomando o cuidado extremo de não me tocar.

Eu o ouvi repetir bem baixinho, três vezes seguidas, com uma voz tomada de emoção: "Misericórdia, misericórdia, misericórdia." Eu ainda ouço a voz dele... Ela se confunde com o mar que se agita salpicando ondas às minhas costas.

---

* No original, *Grand Maître*, Deus único na religião vodu. (N.T.)

** Lasirenn: (também chamada *La Sirène/A Sereia*) é uma das mais conhecidas *lwa* (espíritos) do vodu haitiano, divindade que puxa os moribundos para debaixo d'água para levá-los para a África, associada às aguas profundas do mar.

Na minha cabeça, as imagens se sobrepõem. Se chocam umas com as outras. Minha memória se parece com essas guirlandas de algas desapegadas de tudo, que dançam loucas sobre a espumas das ondas. Eu queria poder recolher os pedaços esparsos, costurar um a um e reconstituir tudo. Tudo. O tempo de antes. O tempo de há muito tempo e o tempo de ontem. E o de três dias atrás.

Ano após ano.

Hora após hora.

Segundo por segundo.

Refazer na minha cabeça um percurso escolar. Sem espinhos, sem bayahondes,* *sem avião à noite, sem incêndio. Refazer o percurso até o vento que, nessa noite de furacão, me encantou, me inebriou. E às mãos que me fizeram perder o equilíbrio. Tropeçar.*

Refazer toda a cadeia da minha existência para compreender de uma vez por todas... Trazer ao mundo os meus e as minhas ancestrais, uma a uma. Até o ancestral franginen,** *até Bonal Lafleur, até Tertulien Mésidor e seu pai, Anastase. Até Ermancia, Orvil e Olmène, pela água e pelo fogo. Olmène, cujo rosto não conheço. Olmène, de quem sempre senti falta e ainda sinto.*

*Que furacão! Que tumulto! Em toda essa história, é preciso levar em conta o vento, o sal, a água, e não apenas os homens e as mulheres. A areia se revolveu em uma grande desordem. Até parece a terra esperando para ser semeada. Loko****

---

* *Bayahonde*: arbusto selvagem espinhoso.

** *Franginen*: indivíduo nascido na África que sobreviveu à Revolução Haitiana de 1804.

*** Loko: divindade do vento.

soprou três dias seguidos e engoliu o sol. Três longos dias. O céu se torna enfim cinza, cada vez mais claro. Leitoso em alguns lugares.

"Não faça nada de que possa se arrepender", martela minha mãe. "Não faça."

Eu resmungo como uma velha. Divago como uma louca. Minha voz se estilhaça no fundo da minha garganta. Ainda é por causa do vento, do sal e da água.

2

Quando o cavaleiro chegou, o olhar fugidio dos homens e o ligeiramente atordoado das mulheres faziam crer que se tratava de um ser poderoso e temido. E é verdade que todos nós temíamos Tertulien Mésidor.

Tertulien Mésidor gostava de cruzar todos os vilarejos inclusive os mais recônditos lugares apenas para mensurar sua força. Avaliar a coragem dos homens. Pesar a virtude das mulheres. E verificar a inocência das crianças.

Surgira das cores algodoadas do alvorecer. Naquela hora que, por detrás das montanhas, um rosa vivaz desfaz as nuvens esfarrapadas para cair rapidamente sobre o campo. Sentado em seu cavalo acinzentado, usava, como sempre, um lindo chapéu de boa palha com abas largas, caído sobre os olhos atentos. Carregava um facão pendurado no cinto e vinha com outros dois cavaleiros em seu rastro, que avançavam com o mesmo passo lento e decidido do mestre.

Tertulien Mésidor dirigiu-se para a banca de peixe, que fedia a tripas e carne podre. Quando se aproximou, começamos a conversar bem alto. Muito mais alto que o de costume, elogiando a variedade de peixes, a qualidade dos legumes e das comidas, mas sem tirar os olhos do cavaleiro. Quanto mais olhávamos, mais alto falávamos. Nosso barulho naquele amanhecer era apenas um disfarce, um dentre muitos da nossa aguda vigilância. Quando seu cavalo ergueu as patas da frente, o cortejo parou ao mesmo tempo. Tertulien Mésidor se inclinou até as orelhas do cavalo e acariciou a crina. “Otan, Otan”, disse baixinho. O animal pateou o chão e balançou o rabo. O homem com chapéu de aba larga queria seguir pelo caminho pedregoso entre as bancas. Com um gesto autoritário, bateu nos flancos do cavalo com os calcanhares e, segurando bem o bridão, forçou o animal a trotar naquela direção.

Mal tinha avançado alguns metros, puxou as rédeas e parou de novo. O movimento foi tão brusco que os dois outros cavaleiros não conseguiram segurar os próprios cavalos, que patearam juntos. Tertulien Mésidor viu, sentada entre as mulheres, a filha de Orvil Clémestal, Olmène Dorival, cujo sorriso abriu uma fenda no dia, como um sol, e que com um gesto calado torceu a barra da saia para enfiá-la entre as coxas. Dois olhos já a despiam, e ela nem suspeitava.

Pelo leve frêmito das narinas dele, os dois outros cavaleiros souberam o que esperar. Tertulien Mésidor cravou os olhos por alguns segundos no pedaço de tecido que escondia a fonte e a flor de Olmène Dorival. Suspendeu a respiração. Por alguns segundos. Nada mais do que alguns segundos. Mas o suficiente para que tudo se revirasse. Prisioneiro de um sortilégio sem explicação.

O desejo de Tertulien Mésidor por Olmène Dorival foi imediato e brutal, fez crescer dentro dele vontades de pernas entrelaçadas, dedos furtivos, mãos espalmadas que pegam em nádegas, aromas de samambaia e de grama molhada.

Tertulien Mésidor devia estar nos seus 55 anos. Olmène Dorival tinha apenas dezesseis.

Ele era dono de três quartos das terras do outro lado das montanhas. Era um *don*.[*] Um grande *don*.

Ela, por sua vez, andava a maior parte do tempo de pés descalços e tinha apenas calçado sandálias feitas de um couro grosseiro.

Ele já tinha ido muitas vezes a Porto Príncipe, até mesmo feito viagens além-mar e dançado o *son*[**] com as mulheres negras de Havana.

Ela mal tinha cruzado os limites de Baía Azul para acompanhar sua mãe ao mercado de peixe em Ti Pistache, que fedia à podridão e a tripas, onde dançavam moscas em sarabandas malucas. Ou, um pouco além, um pouco mais longe, ao grande mercado da cidade de Baudelet.

Sob o nome de Tertulien, coziam-se lendas impossíveis de se verificar e verdades tenazes. Diziam que ele tinha roubado e matado. Que ele tinha possuído tantas mulheres quantas se podiam contar em nosso vilarejo de camponeses e pescadores. E ainda muitas outras coisas...

Na monotonia dos dias bem comuns, Olmène Dorival só tinha escapado por causa dos deuses que, de vez em quando, a cobriam com ilusões, humores, cores e palavras.

---

* *Don*: grande proprietário de terras.

** *Son*: ritmo musical cubano do início do século XX.

3

Tertulien, segurando as rédeas do seu bonito alazão acinzentado, se curvou novamente para lhe acariciar a crina. Mas em seguida, sem poder mais evitar, bateu as mãos num gesto autoritário em direção a Olmène. O barulho ressoou em nossos ouvidos como um chicote. Olmène Dorival não acreditou que a ordem estava dirigida a ela. Nem nós. Ela, como todos nós, às vezes via esse cavaleiro na poeira das estradas ou na galeria Frétillon, bem ao lado da loja de departamentos, em Baudelet. Mas só o tinha visto, com a devida distância. Ele fazia parte dos outros – vencedores, abastados, conquistadores –, não dos vencidos e derrotados como ela. Como nós. Pobres como sal, *maléré*,* infelizes.

Olmène se virou, mas atrás dela só viu a velha Man Came, que vendia ervas medicinais; Altéma, o sem-perna que dormitava no chão; e um menino segurando o bridão de um burro. Então compreendeu que teria que enfrentar sozinha o olhar daquele homem, cuja simples menção cobria os olhos de seu pai, Orvil Clémestal, com um véu negro e fazia sua boca se encher de uma saliva grossa que ele cuspia na poeira em um grande jato. Ela disse a si mesma que fingiria não ter visto nada. Nem ouvido nada. Baixou levemente a cabeça e enfiou as tranças bagunçadas sob o lenço. Depois fingiu que estava arrumando uns peixes – sardinhas, cavalas, peixes-papagaio – pescados na véspera pelo pai e pelos irmãos, as batatas-doces, os inhames, o feijão vermelho e o

* *Maléré*: termo do crioulo haitiano que significa “muito pobre, miserável”. (N.T.)

painço no cesto que ela e sua mãe Ermancia tinham aos pés. Erguendo a cabeça, olhou ao longe, para além do homem a cavalo, que começava a desejar tudo: os punhos, a boca, os seios, a flor e a fonte. E, enquanto examinava cada traço do rosto de Tertulien Mésidor por trás dos círculos de fumaça que subiam do seu cachimbo, Ermancia acabava de guardar com a filha tudo o que trouxera da sua roça.*

Um dos dois cavaleiros que seguiam Tertulien se aproximou de Olmène e apontou o mestre. Tertulien tirou o chapéu e, com uma boca rasgada, que sorria e ameaçava ao mesmo tempo, pediu a Olmène que lhe vendesse peixe. Comprou tudo. Ele que, diziam, não comia mais peixe havia muito. Já fazia algum tempo desde que uma cavala ensopada quase o fizera passar da vida para a morte. Mas, naquele dia, Tertulien teria comprado qualquer coisa. Foi o que fez. Nem reclamou, como era de costume, do preço das mercadorias, e pagou aos pescadores e camponeses o que lhes era devido. Comprou de Ermancia painço e batata-doce, feijão vermelho e alguns inhames, que os dois outros cavaleiros carregaram no lombo de seus cavalos.

Como todos nós, Olmène tinha visto algumas vezes um caminhão, cavalos ou burros curvados sob o peso de mercadorias de todos os tipos, atravessando as terras salgadas, bifurcando-se atrás do rio Mayonne, ao longe, e subindo a encosta até desaparecer, na direção da propriedade silenciosa de Tertulien Mésidor. Como todos nós, ela imaginava sem dizer uma palavra, num misto de curiosi-

---

* No original, *jardin*, como se referem no Haiti a uma plantação de subsistência ou propriedade rural pertencente à pessoa agricultora (N.E.)

dade e inveja, o que escondiam aqueles carregamentos. As coisas conhecidas e desconhecidas, além do que ela mesma podia imaginar. Para além daquilo que éramos capazes de inventar. Se um sorriso distorcia nossos lábios ou expunha nossas gengivas desdentadas naqueles momentos, era impossível, tanto para ela como para nós, não culpar o mundo por alguns segundos. Nem culpar as pessoas que se parecem conosco, por não poderem atacar os Mésidor e aqueles que se parecem com eles.

Os criados que se arriscavam uma vez por semana até o mercado de Ti Pistache, de Roseaux ou de Baudelet, por vezes deixavam lá uma frase que aguçava a nossa curiosidade por esse mundo. Um mundo que nós, os homens e mulheres de Baía Azul e de todas as cidadezinhas e vilarejos próximos, no entanto, evitávamos. Com uma determinação igual à que ele impunha a nós para nos manter afastados.

Era um jogo que ligava nós todos aos Mésidor e que os acorrentava a nós, mesmo que não quisessem. Um jogo com conquistadores e cativos, e já o dominávamos há muito tempo. Muito tempo.

Isso significa que entre os Mésidor, o vento, a terra, a água e nós habita uma história antiga. Sem um ponto de partida, fosse do mundo ou dos tempos mais recônditos.

Apenas uma história, aquela dos homens quando os deuses mal acabam de se afastar... Quando o mar e o vento ainda sopram baixinho ou a plenos pulmões os seus nomes de espuma, fogo e poeira. Quando as águas já traçaram uma borda na margem clara do céu e cegam com explosões azuladas. E o sol se levanta como um dom ou esmaga como uma fatalidade.

Uma história de tumultos e de eventos ordinários. Às vezes, de fúria e fome. De vez em quando, de corpos que exultam e encantam. Uma vez ou outra de sangue e silêncio. E por vezes de puro gozo. Tão puro...

Uma história em que um novo mundo já se sobrepõe ao antigo. É aos solavancos, como dizem os deuses, que eles compõem um ser humano...*

O fato é que, naquela manhã em Ti Pistache, não muito longe de Baía Azul, num vilarejo de rochas, sal e água, recostado aos pés das altas montanhas do Haiti, Tertulien Mésidor, senhor do seu estado, teve o sangue açoitado e avivado quando viu Olmène Dorival, uma camponesa calada, agachada diante de uma cesta de peixes, vegetais e alimentos, em um longínquo mercado rural.

---

* No original, na forma haitiana, *chrétien-vivant*. (N.T.)

4

Os Mésidor, ao leste, do outro lado das montanhas que se suspendiam diante de Baía Azul, desde sempre cobiçavam a terra, as mulheres e os bens. Quarenta anos antes, o destino deles tinha cruzado o dos Lafleur e de seus descendentes, os Clémestal e os Dorival. Num dia do ano de 1920, Anastase Mésidor, pai de Tertulien Mésidor, tomou de Bonal Lafleur, antepassado de Olmène Dorival, os últimos hectares de uma *habitation** na qual crescia, sob a abundante sombra de olmos, mognos e *mombins*, o café de maquis. Bonal Lafleur herdara a propriedade de sua mãe, que não era do vilarejo de Baía Azul, mas de Nan Campêche, uma localidade a seis quilômetros das montanhas que ficam ao sul de Baía Azul.

Anastase Mésidor já se tinha apropriado das melhores terras do planalto. Mas ele cobiçava outras a fim de vender a preço de ouro para aventureiros e mercenários vindos de outros lugares, como os da Companhia das Índias Ocidentais que, com a chegada da Marinha, haviam desembarcado naquela ilha. Certos de que grandes propriedades, como as *fincas* de São Domingo ou as *haciendas* de Cuba, gerariam fortuna e, ao mesmo tempo, nos transformariam finalmente em camponeses civilizados: cristãos de cabelos limpos e penteados, que usam calçados. Domesticados, mas sem terra. "Nunca", uma palavra que Solanèle Lafleur, mãe de Bonal, havia repetido dezenas de vezes ao filho, enquanto

---

* *Habitation*: durante o período colonial e depois, uma grande propriedade agrícola, equivalente às plantações (*plantations*). (N.E.)

riscava uma cruz no chão e lhe mostrava, com um movimento de braços vivo e amplo, as encostas íngremes das montanhas. Lá no alto, nos *dokos*[*] onde ainda soprava o espírito dos Ancestrais *marrons*.[**] "A terra, meu filho, é teu sangue, tua carne, teus ossos, está me ouvindo?"

Anastase Mésidor fez coisas ruins a dois irmãos da localidade de Roseaux, Pauléus e Clévil, que pensavam poder enfrentá-lo e bancar essa obstinação. Desapareceram nas brumas das primeiras horas do dia, no caminho que levava à sua roça. Foram encontrados. Um, do lado de Morne Peletier, pendurado em uma mangueira como uma boneca desconjuntada; o outro, com a metade do corpo devorada por porcos na beira da estrada que leva de Ti Pistache a Roseaux.

Nós, os Lafleur, tínhamos a fama de ser inacessíveis e portadores de *points*,[***] poderosos poderes, temíveis até. Num raio de quilômetros, muitos invejavam esses poderes, que julgavam extraordinários. Sem limites. Essa sólida reputação, no entanto, não resistiu à oferta insistente de Anastase Mésidor: Bonal Lafleur ainda foi forçado a se desfazer de suas terras, rangendo os dentes numa manhã, na presença de um agrimensor de chapéu de lã preto e de um notário com terno cinza-escuro de três peças bem ajustadas ao corpo.

---

* *Doko*: lugar distante e clandestino que servia de refúgio aos insurgentes depois da independência do Haiti.

** *Marrons*: escravizados africanos que fugiam das plantações formando comunidades livres; como quilombolas no Brasil. (N.E.)

*** *Point*: poder conferido a alguém por um *houngan* (sacerdote) ou uma *mambo* (sacerdotisa) do vodu.

Depois de uma leitura que começava com as palavras "Liberdade, igualdade, fraternidade, República do Haiti" e terminava com "aqui subscrito", Anastase Mésidor, o notário e o agrimensor informaram Bonal de que ele não era mais o proprietário.

Com o polegar cheio de tinta recém-apertado sobre o papel, à guisa de assinatura, Bonal Lafleur reclamou a Anastase Mésidor o que lhe era devido. Afinal, ele tinha acabado de vender, com o coração apertado, o mais belo pedaço de terra dos herdeiros Lafleur, nas grandes planícies férteis cercadas de montanhas que se estendiam por Baía Azul em direção ao sul. Montanhas de encostas ainda verdes, muito verdes, mesmo que algumas finas linhas claras já riscassem sua grossa cabeleira vegetal.

Anastase Mésidor, para a imensa surpresa de Bonal, pagou em dinheiro, com um grande sorriso nos lábios. Uma ninharia que Bonal teria de dividir com um bando de aspirantes cujos títulos não eram exatamente claros. Olhando para o polegar sujo de tinta, Bonal se lembrou das querelas com a longa lista de irmãos e irmãs, primos e primas, os primeiros casamentos, os segundos, os terceiros e os outros. Sem esquecer todos aqueles que não deixariam de emergir das terras vizinhas ao anúncio desta venda. Um dia, ele quis parar de contar os beneficiários, depois que um confronto entre famílias rivais quase terminou em facão e sangue. Cada um se lembrando dos eventos que estabeleceram os limites e as fronteiras com o fio da lâmina. Mesmo que Bonal tivesse tentado parar de contar, a divisão das terras não teria fim. Ao sair do cartório, lembrando-se do incidente, Bonal balançou a cabeça de um lado para o outro sob o chapéu de palha torto e puído nas pontas, enquanto remexia as notas no bolso direito da calça.

Todas essas lembranças acabaram por tecer em sua cabeça um emaranhado de caminhos sombrios que não levavam a lugar nenhum. Foi tomado por uma leve vertigem. E, depois, havia aquele sorriso de Anastase Mésidor. Não entendia. Era bom demais para ser verdade. Um sorriso que lhe deu arrepios na espinha. Um sorriso que não tinha nenhum bom presságio. Se ateve por um momento no Grande Mestre lá de cima, suspirando, com a garganta seca. Mas Deus, o Grande Mestre, estava longe demais para saciar sua sede, e Bonal, remexendo de novo no dinheiro, decidiu tomar uns bons goles de *clairin*.* Não um dos seus *trempés*** nos quais macerava ervas, especiarias e cascas. Não. Uma boa *clairin* sem mistura, que lhe invadiria a língua, queimaria a garganta e acordaria a alma com belas chamas, para que, por algumas horas, sua vida parecesse uma rota luminosa. Sem espinhos. Sem mato. Sem *bayahondes*. Sem Anastase Mésidor. Sem família para atrapalhar. Com as pernas magras de músculos salientes e o queixo erguido, ele avançava a passos decididos na direção de Baudelet.

"Uma penca de filhos para todos esses homens! Uma penca de filhos! Dez, quinze, vinte e até mais!", suspirou Bonal. No entanto, a ideia de se manter jovem até a morte o animava, e teve um pensamento doce e fugaz, com uma

---

* *Clairin*: aguardente de cana-de-açúcar de primeira destilação.

** *Trempé*: preparação à base de álcool de primeira destilação com ervas e especiarias maceradas.

jovem *femme-jardin** de Nan Campêche, trabalhadora, carinhosa, de coxas fortes e que lhe tinha dado dois filhos. Sorriu, passando de leve a mão na barba grossa e apressou o passo, como se pudesse correr atrás dessas visões, apesar da bouba** que já lhe roía o calcanhar esquerdo.

Mas, com medo de ser moído na pancada pelos fuzileiros navais e forçado às suas tarefas horrendas, ou pior, ser abatido sem aviso por ser confundido com um dos rebeldes *cacos*,*** Bonal reconsiderou. Com medo, mas ágil como um gato do mato, ele preferiu pegar as trilhas íngremes. Esse medo que dava nó nas tripas, que precisava ser domado e apaziguado, ele conhecia muito bem. Medo ácido e doloroso. Medo que nunca deixou de apertá-lo. Colado como uma segunda pele. Plantado feito um coração. O medo, um coração todo dele. O medo plantado ao lado daquilo que serve para amar, compartilhar, rir, chorar ou ficar com raiva. Então, pelos caminhos, Bonal escolheu seguir sozinho. Pelos matos e *bayahondes*. Adentrando até ficar invisível. Onde ninguém vem nos procurar. Onde estão as sombras: no olhar das feras, sob a casca das árvores, no silvo do vento, sob as folhagens, na pedra, sob o húmus. Ele tocou o pequeno inchaço em seu braço esquerdo e foi andando naquela luz estranha do bosque. Onde ele podia ser tudo e nada ao mesmo tempo. Onde Gran Bwa**** vela seus filhos e vence o medo. Onde ele

---

* *Femme-jardin*: concubina encarregada de cultivar um pedaço de terra para um proprietário.

** Bouba (*pian*, no original): doença infecciosa endêmica nas regiões rurais do Haiti, nos anos 1940.

*** Cacos: rebeldes que se insurgiram entre 1915 e 1920 contra a ocupação estadunidense.

**** Gran Bwa: divindade das árvores e das florestas.

o reduz ao silêncio. Bonal murmurou baixinho, várias vezes seguidas, sem se dar conta:

Gran Bwa o as w té di m nan?
Mèt Gran Bwa koté ou yé?
Gran Bois o que me disseste?
Gran Bois onde estás?

E seguiu com um passo sereno, sereno...

5

Uma vez, no caminho para Baudelet, Bonal afrouxou o passo para não levantar nenhuma suspeita e fez cara de camponês, mostrando todos os dentes, entorpecido pela fome e pelas divindades obscuras. Quem nada sabe, nada vê, não ri e jamais diz "não".

Bonal parou, como todas as raras vezes que foi a Baudelet, na grande loja dos Frétillon, perto do mercado. "O camponês haitiano é uma criança, eu digo a vocês. Uma criança!", Albert Frétillon gostava de repetir, puxando seu bigode grosso. E nós sempre aquiescíamos com movimentos repetidos de cabeça, inclinando-a na direção do chão. Isso o reconfortava, e ele colocava os polegares nas tiras do suspensório; então, para nos observar melhor de cima, estendia ligeiramente o pescoço para a frente e ajustava os óculos.

Os dois Frétillon filhos, François e Lucien, e sua única irmã, Églantine, usando luvas e chapéus, partiram para a França, em um dos grandes transatlânticos que regularmente atracavam no porto de Baudelet, a fim de fazer fortuna nos postos comerciais dos dois lados do Atlântico. O comércio de Albert Frétillon datava de duas gerações, desde que um antepassado de La Rochelle havia se instalado em Baudelet e instaurado na cidade uma linhagem de negros mestiços burgueses da província. Além do negócio de café, Albert Frétillon fazia, em uma destilaria artesanal, na entrada da cidade, a melhor *clairin* que existia. Uma vez que a água-ardente estava feita, ele passava a maior parte do tempo na varanda de sua casa, contígua à loja administrada pela esposa. O comandante daquela praça, o juiz do tribunal civil e o diretor da única escola de Baudelet se reuniam ali, com outros, para se renderem a voos líricos e profissões de fé.

Naquele meio-dia, Anastase Mésidor, depois de ter comprado as terras de Bonal, já se tinha juntado a eles em suas diatribes inflamadas. Os eventos dos últimos meses não os deixavam em paz. O diretor da escola de Baudelet voltava a evocar as cidades bombardeadas por aviões americanos, a derrota sanguinolenta dos líderes *cacos*: Charlemagne Péralte assassinado, amarrado nu numa porta de madeira e exposto em praça pública, e Benoît Batraville, morto alguns meses depois. O tom aumentava. Alguns, como o juiz do tribunal civil, foram até lá pelo senso de honra e, enquanto batiam no peito estufado, diziam do seu amor transbordante pela pátria. Outros, como o comandante e Anastase Mésidor, exaltaram os benefícios dessa presença civilizatória que finalmente daria fim às lutas fratricidas dos selvagens que éramos. "Sim, somos todos selvagens!" E ao dizer a palavra "selvagem", Anastase viu Bonal diante da loja e apontou o dedo para ele com uma insistência que deixou Bonal preocupado. Albert Frétillon concordava com todas as opiniões. Absolutamente todas. A prosperidade e a perenidade de seus negócios dependiam dessa total ausência de espírito e dessa convicção enraizada nele de que nós, camponeses, nunca cresceríamos.

Bonal tirou o velho chapéu de palha e deu a eles o sorriso mais largo. Ele teria se deixado embalar até a vertigem pelos usos do pretérito imperfeito do subjuntivo e pelas palavras em latim daqueles senhores; desde o momento em que saíra do cartório, ainda não tinha sentido a estranha premonição que agora sentia com aquele dedo apontado. Então decidiu afogar essa inquietude em *clairin*, com o que ele sonhava desde a hora da venda das terras. *Clairin* de verdade.

No primeiro gole, logo na saída de Baudelet, Bonal se lembrou bem da oferenda a se fazer a Legba* para abrir caminho às divindades da família; a Agwé,** para que o mar os nutrisse por muito tempo; a Zaka,*** para que as roças fossem mais generosas. A terra já lhe parecia mais leve, como se o sol em seu zênite tivesse desenhado um mundo puro, limpo e despovoado. Foi andando com passos atentos pelo caminho de vegetação rasteira até Baía Azul.

Bonal desapareceu no mesmo dia. Sem Zaka, sem Agwé e sem Legba. Aqueles de nós que não procuravam intriga com os poderosos colocaram seu inexplicável desaparecimento na conta da embriaguez. Outros alegaram ter visto um grupo de homens montados em burros que certamente tinham assaltado Bonal e depois sumiram com ele. Algumas pessoas mencionaram a presença de uma cabra parada na beira da estrada que falava distintamente, revelando dois dentes de ouro. Alguns juraram ter visto uma velha que, depois de ter dado estranhos passos com a agilidade de uma moça jovem, desapareceu na garganta do desfiladeiro. Tudo isso sob os olhos indiferentes de dois fuzileiros navais para-

---

* Legba: divindade que abre os caminhos e que se invoca no início dos rituais religiosos a fim de abrir o caminho também para outras divindades.

** Agwé: divindade do mar e dos oceanos.

*** Zaka: divindade da terra, das plantações e dos camponeses.

dos em pé, com seus imponentes rifles dependurados nos ombros.

E cada um de nós foi aumentando a história...

Para tentar afastar qualquer suspeita, Anastase Mésidor enviou um mensageiro a cavalo até Dieula Clémestal, a mãe dos quatro filhos de Bonal: Orvil, Philogène, Nélius e Ilménèse. Mas a raiva já apertava tanto os dentes de Dieula que ela não disse uma palavra. Nem uma só palavra, durante todo o tempo que o mensageiro ficou lá parado em sua frente, rolando desajeitadamente o chapéu pelas mãos.

"Uma honra, madame Bonal! Foi Anastase Mésidor que me enviou para lhe dizer..."

Como resposta, Dieula acendeu seu cachimbo devagar. Muito devagar. Tragou fundo três vezes sem nunca erguer a cabeça. Depois escarrou, tão ostensivamente que o homem tomou seu rumo de volta para o campo. Ele não teve nem coragem de se virar antes de desaparecer em cima do cavalo na curva da estrada.

Essa cena, que Orvil, o pai de Olmène, repetiria muitas vezes mais tarde, deixara nele a primeira impressão forte e indelével sobre quem ele era e sobre quem o mensageiro representava. Sobre quem era forte e quem era fraco. Sobre o caçador e a caça. Sobre quem esmaga e quem é esmagado. Orvil Clémestal tinha apenas doze anos. Ele, assim como sua irmã mais nova, Ilménèse, se aninhavam na saia da mãe.

Naquela noite, Bonal apareceu em sonho para Dieula – "Do mesmo jeito que vejo vocês, o vi", afirmou aos seus filhos e a todos nós. E Bonal contou tudo a ela. Absolutamente tudo: sobre a venda das terras, sobre as trilhas escondidas até Baudelet, sobre o dedo apontado para ele, sobre a compra de *clairin*, e sobre o caminho, uma dor aguda nas costas. Infligida pela ponta de um facão. E então nada. Mais nada.

No dia seguinte, ao alvorecer, ela se dirigiu, com Orvil, seu filho mais velho, sem sombra de hesitação, ao lugar exato onde o corpo de Bonal se encontrava: no fundo de um perau, no meio dos arbustos e *bayahondes*. Os bolsos de Bonal estavam vazios e, ao redor do corpo que já começava a inchar, se agitava uma nuvem de moscas. Estávamos atordoados, chocados, mas nada surpresos. Dieula apenas nos confirmou o poder dos sonhos, a força e a solidez dos elos que nos ligam aos Invisíveis. Choramos a nossa dor, depois nos calamos, retornando à nossa placidez, à nossa contenção, ao nosso silêncio camponês.

O funeral de Bonal aconteceu sem alarde. Sem carpideiras. Lágrimas engolidas. Sem gritos saídos das entranhas das mulheres. Sem rememorações vaidosas dos acontecimentos da vida do defunto. Apenas gemidos e murmúrios, no balanço trêmulo dos corpos para a frente e para trás. Padres, guardas e fuzileiros navais não sabiam de nada. Um funeral lúgubre e triste com um único som do *asson*,* as preces, a dor e os cânticos presos na garganta e na boca. Apesar das três palavras sagradas sussurradas na orelha de Bonal e de toda a habilidade de Dieula, renomada *mambo*,** o morto não elegeu nenhum de nós para cuidar do seu *mèt tèt**** e manter a

---

* *Asson*: cabaça esvaziada e preenchida com pequenos ossos; tipo de chocalho que serve como cetro do celebrante no ritual durante as cerimônias de vodu.

** *Mambo*: sacerdotisa vodu.

*** *Mèt tèt*: divindade mais importante de cada pessoa.

herança e o sangue. O *désounin*[*] tinha chegado ao fim, e Bonal tinha partido, levando seus Espíritos com ele. Aqueles que o governavam, que governavam a sua casa e que protegiam o *lakou*.[**] E nós não tivemos certeza de que ele ouviu e levou todas as nossas mensagens aos nossos Mortos, aos nossos *lwas*[***] e a todos os nossos Invisíveis. Agora temíamos pela proteção e pela vida do *lakou*. Temíamos por todos e cada um de nós.

Logo que Bonal fora enterrado não muito longe de sua casa, Dieula, por um dia e uma noite inteira, invocou todos os seus Invisíveis. Todos. Seus deuses e seus Espíritos. Os Invisíveis do lado paterno e os do lado materno. Os valentes, os amorosos, os sábios, os piedosos e os terríveis: Ogou, Kolokosso, Marinette Pye-Chèch, Grann Batala, Méji, Boussou Trois Cornes, Ti-Jean Pétro, Erzuli Dantò[****] e todos os outros...

No dia seguinte, com sua cadeira baixa encostada na porta da casa, começou a entoar uma salmodia estranha que parecia vir de muito longe. Não de dentro de suas entranhas, mas de mais longe. Do coração da terra. E que atravessava as pernas e voltava para as vísceras. E pela garganta subia como um fio na agulha para além do firmamento. Nenhum de nós ousou perturbá-la, com medo de romper o fio. Ela cantarolava sem parar:

---

[*] *Désounin*: cerimônia que acontece depois da morte a fim de preparar a passagem para o além. Também usado como um adjetivo, significando "desconexão".

[**] *Lakou*: local que abriga uma família rural haitiana; espaço de moradia, cultivo e convívio comunitário.

[***] *Lwa*: como se denominam as divindades na religião vodu.

[****] Erzuli Dantò: divindade guerreira, ligada à resiliência e à força.

Yo ban mwen kou a
Kou a fè mwen mal o!
M ap paré tann yo
Eles me bateram
O golpe me machucou!
Eu os estou esperando assim que virarem as costas

E então, lentamente, Dieula se levantou, colocou um vestido azul de um algodão grosseiro, amarrou um lenço vermelho na cabeça e outro no cinto, no qual pendurou uma caneca esmaltada, a metade de uma pequena cabaça vazia e uma bolsa, guardando seu cachimbo e um pouco de tabaco. Chamou Orvil, o filho mais velho, e disse-lhe que ela tinha uma coisa para fazer, que voltaria logo. Nós a vimos desaparecer atrás do morro de Peletier. Sem dinheiro nem pão nem água, ela andou pelo mato baixo, pelos *bayahondes* e pelos matagais, pedindo comida e carne para pagar a penitência e implorar às divindades que lhe acudissem.

Dieula voltou na tarde da véspera de um furacão, debaixo de uma procissão de nuvens ameaçadoras. Não queria ser levada pela cheia do terrível rio Mayonne, assim nos disse. A penitência durou um longo mês. Como prova, seus pés estavam severamente feridos, e ela tinha dores nos quadris. Gritamos, choramos, dançamos e rimos ao vê-la voltar. Estávamos todos esperando, confiantes e preocupados ao mesmo tempo. Dieula estava exausta, mas com os olhos claros como o céu depois da chuva. Parece que, durante todo o tempo que não a vimos, seus olhos tinham se banhado na luz. Ou no fogo. Ou nos dois.

Ela se sentou com dificuldade na cadeira baixa de palha, na soleira de casa, os pés sangrando, cobertos de bolhas, com sandálias cujo couro fino estava bastante puído pela poeira das veredas e pela água dos rios e riachos. Tirou os sapatos e pediu a Orvil que enchesse uma bacia com água para que pudesse aliviar os pés, depois pediu algo para beber e comer. Comeu uma tigela cheia de milho com feijão preto e bananas-da-terra, Orvil e Philogène parados atrás dela, e os dois pequenos cada um de um lado.

Quatro dias depois de sua volta, a quarta filha de Anastase Mésidor, que nascera dois anos depois de Tertulien, morreu subitamente. Tifo, envenenamento, meningite fulminante? Os Mésidor nunca souberam a causa. Nós, em Baía Azul, Ti Pistache e Roseaux, sem dizer nada, acreditávamos piamente e ainda acreditamos que Dieula Clémestal tinha pegado a morte pela mão e a conduzido docilmente até a casa dos Mésidor.

Depois da morte de Bonal, nosso *danti** até aquele momento, a vida do *lakou* passou a ser de cautela e vigilância. Estávamos fragilizados e com medo de cair, até o dia em que Bonal apareceu em um sonho para seu irmão, Présumé Lafleur. Ele nos reuniu a todos de manhãzinha na entrada de sua casa para contar sobre o estranho sonho: "Vi Bonal vir até mim, reto e direto. Dieula caminhava na frente dele, mas era como se ela tivesse encolhido, e era Orvil, com o peito estufado e imenso, que levava os dois." À medida que Présumé Lafleur contava o sonho, lágrimas escorriam pelo rosto de Dieula.

* *Danti*: chefe de um *lakou*, que tem um grande poder de decisão.

Ela estava aliviada e muito contente. Présumé continuou: "Fiquei de pé, duro de estarrecimento. E, quando levantei o pé para ir até o meu irmão, ele desapareceu por sobre as águas, apontando com o dedo para Orvil. Dieula chorava e chorava, como ela está fazendo aqui na nossa frente." Todos nós acreditamos nas palavras de Présumé e nos curvamos diante da vontade de Bonal, de fazer de Orvil seu herdeiro e o novo *danti* do *lakou*.

Dieula garantiu alguns serviços às divindades, esperando que Orvil completasse todas as etapas da iniciação, até a tomada do *asson*. Tudo terminou algumas semanas antes de seu irmão Philogène partir para Cuba, um ano antes da morte de Dieula e três meses depois que os americanos deixaram a ilha.

Orvil se tornou nosso *danti* e zelava por tudo, pela pesca, pelo trabalho nas roças, pelos castigos, pelos serviços às divindades, pela nossa proteção contra os mais poderosos que nós, como os Mésidor, os Frétillon e o comandante. Nossa proteção contra todos aqueles que se parecem conosco, mas não são. Não são do nosso *lakou*. Ele cuidava para que a ambição não fizesse ninho nos corações das pessoas do *lakou*. Nenhuma. Éramos os galhos de uma mesma árvore, presos ao mesmo tronco, e tínhamos que permanecer assim.

Mas Orvil, por melhor *danti* que fosse, nada pôde fazer contra as primeiras feridas abertas, de onde brotou o sangue da terra. Contra as primeiras cicatrizes que marcavam os morros. Conta os rios sangrados que ficavam cada vez mais ralos. Contra a terra e as rochas que encobriam o sopé das encostas à medida que íamos limpando o caminho. Contra o aumento da força dos furacões. Contra a seca cada vez mais devastadora que se seguiu. Contra aqueles que partiam, se desprendendo da árvore por uma razão que não era ambição, mas que era muito parecida com ela. Orvil nada podia contra esses eventos que pareciam querer traçar reto, bem reto, apenas um caminho de mão única, sem retorno para a fatalidade.

6

Nada perturbava mais Olmène que esses episódios de ódio, lágrimas e sangue entre os Lafleurs e os Mésidor. Orvil, seu pai, às vezes os revivia como se tivessem acontecido na véspera, e não há quarenta anos. No entanto, nada o incomodava tanto naquela aurora quanto o olhar insolente de Tertulien Mésidor. Um vento vindo das montanhas agitava as ondas. Olmène olhou o mar, que lhe parecia respirar como um animal deitado de barriga para cima, agitado pelo fluxo e pelo refluxo do sangue de todas as criaturas e das almas, ali, ao seu lado. *Nan zilé anba dlo*, na ilha sob as águas. Ela saudou secretamente os Mortos, os Ancestrais e os Mistérios. Certamente, a passagem fugaz e extravagante de Tertulien Mésidor a tinha mergulhado em uma estranha desordem. Estranha, mas também boa... Nós também ficamos incomodados com aquela aparição rápida e imprevista, mas deixamos que Olmène se entregasse... Para provar suas primeiras inquietações de mulher.

Diziam que Tertulien Mésidor tinha conseguido seus poderes e dinheiro através de um pacto com o diabo. Diziam que ele escondia no bolso direito das calças um salvo-conduto legítimo escrito em tinta bem marcada, coisa de uma dessas sociedades secretas, Zobop, Vlingbinding ou Bizango, que surpreendia os incautos nas encruzilhadas à noite. Até diziam que ele reinou como imperador em uma delas. Diziam mesmo que no quarto do andar de cima, no fundo do corredor, na parte sul da casa, a portas sempre fechadas, ele escondia uma criatura hedionda com dois chifres na cabeça e um rabo torcido. Sem tê-la jamais visto, vários de nós juravam tê-la ouvido urrar em algumas noites de lua cheia. Nos contaram sobre a morte de seu quarto filho, Candelon, que ele entregou em troca dessa riqueza e desse poder a um deus ávido por sangue, Linglinsou ou Bossou Trois Cornes.

"Mas dizem tanta coisa", pensou Olmène. Ela afugentou o sangue que lhe subia ao rosto e, com esse sangue, todas as coisas ditas e ditas de novo, e repetidas, deixando o espanto se apossar de si como uma tempestade de agosto.

E então, como Deus, se por um lado temíamos Tertulien, por outro, seu poder nos fascinava. Apesar do sofrimento que nos afligia, ele nos fascinava. Como havia nos fascinado o seu pai, Anastase Mésidor. Apesar das mazelas, da sede, das dores e da fome. E, porque Deus faz tremer a terra, transbordar as águas e desmoronar montanhas, em seu íntimo Tertulien tinha enfiado na cabeça que tinha que se parecer com ele. Talvez quisesse superá-lo, fazendo sangrar até mesmo as estrelas e as pedras. Tinha essa aura que o poder confere aos mais fortes e que faz com que nós, os dominados, com frequência baixemos a cabeça e, de nariz no chão, respiremos no escuro.

Quando, alguns anos antes da sua morte, um litígio colocou em oposição o pai, Anastase Mésidor, e homens vindos da cidade grande, cinco povoados e vilarejos do entorno, dentre os quais Baía Azul, se armaram de facões, cutelos e bastões. E, com ajuda do *clairin*, repeliram o ataque. Os Mésidor sofreram uma afronta de conquistadores vindos de outros lugares e, por eles, nós todos nos sentimos insultados.

Todos. Sem exceção. Vai entender! Mas nós somos assim. Essa batalha campal, que derrotou os assaltantes, selou um estranho pacto, mais um, entre os Mésidor, Baía Azul, Ti Pistache, Morne Lavandou, Pointe Sable e Roseaux. Por mais temerários e cruéis que fossem, os Mésidor eram dos nossos. Até ficávamos orgulhosos. Mas não nos enganemos. Por trás do insulto partilhado, por trás do orgulho chicoteado, se instalava a desconfiança e o medo. Os mesmos de sempre. Que sopravam nas terras do interior como um leve vento negro, varrendo o pasto das colinas, atravessando as almas e resvalando pelas encostas áridas até o mar. Para mais uma vez subir pelos interiores e descer as colinas. A desconfiança e o medo, para nós, de uma nova e insuspeita crueldade dos Mésidor e, para eles, de uma vingança imprevisível de nossa parte. Quem sabia?

Assim que Tertulien Mésidor voltou para casa, depois da passagem pelo mercado de Ti Pistache, naquela manhã, ao contrário dos outros dias, não pensou nem no seu comércio alimentício nem em seus conhecidos políticos, menos ainda em sua mulher, Marie-Elda. A imagem de Olmène já havia tomado posse de todo o seu ser e varrido tudo. Absolutamente tudo. Nele se aguçava um apetite de homem, que fazia os olhos brilharem na luz quente do começo da tarde. Ele apenas comia o que as empregadas da casa punham na mesa e nem mesmo se dava conta da presença da esposa. "Está bom, não estou mais com fome. Comi bastante." Neste momento preciso, Tertulien Mésidor tinha vontade de uma jovenzinha. Apenas uma. Uma moça do campo, como ele gostava. E não de uma refeição.

Foi ao olhar desse homem que Olmène correspondeu no mercado de Ti Pistache. Ela ficou com os olhos altivos por um longo tempo, mas terminou por baixá-los diante do cavalheiro, que poderia ter sido seu pai, e que tirou o chapéu para falar com ela, a filha de um pescador e de uma camponesa. Ela achou que ele tinha o rosto elevado e sereno de um homem que, ao contrário das lendas, ao contrário de tudo o que Baía Azul cochichava entre dentes, parecia ter a consciência tranquila. Com essa mesma tranquilidade ele se foi pelos interiores de terras em direção a sua grande casa com largas portas e sua constelação de empregados domésticos.

Ermancia, como as outras mulheres do mercado, como todos nós, estava presa entre o medo e o encantamento. O encantamento que provoca a atenção de um homem tão poderoso e o medo das consequências quase sempre nefastas desse poder sobre nossas vidas.

7

Passado o primeiro momento de estupor, o homem que eu não conheço, depois de ter recuado, de novo avançou sobre mim. Se inclinou mais uma vez, com os olhos arregalados. E eu vi o rosto dele se deformar lentamente com um estranho sorriso, a mandíbula se afrouxou, a boca se abriu, enquanto os lábios tremiam. Foi então que, de repente, seu rosto se reorganizou e o homem se pôs a gritar com toda a força de seus pulmões nomes que eu não conhecia: "Estinvil, Istania, Ménélas, anmwé, osékou, *me ajudem!" Havia momentos em que ele urrava palavras que o pavor quebrava, alongava, deformava, confundia. Parecia que um dique tinha se rompido. E que ele não podia interromper o fluxo que jorrava de sua boca.*

Eu queria pedir que parasse. Dizer que eu explicaria a ele. E, como não pude fazer isso, claro que ele continuou a gritar cada vez mais. Foi terrível!

Então, agarrou a coragem com as duas mãos e veio para ainda mais perto de mim, a cabeça pendendo para a frente, e abriu bem a boca sem dentes. Não havia como recuar nem escapar de seu hálito de noite. De jeito nenhum. Um hálito de revirar o estômago.

Vontade de me afogar no sono. Só por alguns minutos. Joelhos contra o queixo. Olhos fechados. Encapsulado no sono, como se num ovo.

Deixar a noite deslizar na minha pele. Com a lembrança do frio da lua. Da água ondulante que brilha como lantejoula.

Nas franjas do vilarejo, um galo canta. Outro responde. Os dois chamam um dia que tem dificuldade em se fazer visto.

"Não faça nada de que possa se arrepender", insiste minha mãe. "Não faça!"

Meu sangue corre fora de mim, no vento onde ouço um arfar surdo, a fivela que se abre... E o membro frio, ereto como um bastão... Minha nuca bate na areia. As lágrimas. Meu corpo é erguido do chão. Uma dor no pescoço... E depois a noite... O mar... Ainda a noite. Líquida. Escura.

De todo modo, nesta história, é preciso saber sobre vento, sobre seu sopro salgado nos lábios, sobre a lua, sobre o mar, sobre Olmène ausente... Sobre a terra que não dá mais nada. Sobre o mar mesquinho. E sobre os estrangeiros vindos de longe com suas tradições que não são daqui. Seus hábitos, seus cigarros americanos, seus corpos, seus cheiros e seus sapatos que chamam a nossa atenção...

E eu, que não queria mais ser desse lugar, estou aqui coberta de areia, coroada pelas algas, definhando, não muito longe de Baía Azul.

"Osékou, anmwé." *Agora, os gritos do desconhecido batem forte no meu peito. Estranhamente se confundem com os do meu irmão, há três dias na noite.*

Meu irmão para em cada uma das sílabas do meu nome. Ele precisou pôr as mãos à frente da boca, para ampliar o som e fazer com que as sílabas viajassem. Longe, muito longe. E, depois, os gritos dos outros que com ele enfrentam a noite, o vento e a água para gritar o meu nome. "Koté ou yé?" *Onde você está? Responda!*

Os habitantes de Baía Azul furavam a noite e a água, com os olhos abertos, como as baleias.

8

Mesmo que não tivesse sobrado quase nada para vender – Tertulien Mésidor tendo comprado delas muitas coisas nas primeiras horas da manhã –, Olmène e Ermancia decidiram se juntar às outras mulheres do mercado de Baudelet, que era maior e mais movimentado que o de Ti Pistache. O calor já se fazia presente no caminho que levava até o morro Peletier, entorpecendo as pessoas, os animais e as plantas. Fazendo até as pedras da estrada gemerem. Mesmo assim, ninguém afrouxou o passo nessas veredas batidas pelos pés endurecidos e polidas pelo sol e pelo vento, como se fossem de pedra.

Nos dias de feira, Olmène sentia mais o peso do cansaço por ter acordado antes do amanhecer com as crianças do *lakou*, depois subido e descido o morro, com uma cabaça na cabeça e outra nas mãos, à procura de água. Mas ela já tinha se esquecido das pernas doloridas, dos pés machucados, e caminhava reta como uma vela atrás de Ermancia. Apertava o passo em direção às cidades do interior, deixando o mar esmorecer às suas costas. O mundo que se estendia atrás dela, esse grande país líquido, poderia, no entanto, engoli-la em seu imenso, silencioso e feroz ventre a qualquer momento. Por vezes vegetal, claro e bastante reconfortante, o mundo para o qual ela se encaminhava também podia, sem aviso, virá-la, pará-la e fazê-la voltar por suas quedas d'água, seus temporais e suas falésias. Esses mundos já tinham levado de nós um pai, uma prima, um irmão e um tio. Nos primeiros vislumbres da luz da antemanhã e nas repentinas sombras da tarde, Olmène pousava um pé e depois o outro, ágil e tranquila, na arrogância, na extravagância e na potência desses mundos.

Naquele dia, o caminho pareceu mais longo para Olmène, por causa do silêncio da mãe, que nunca mencionou a insistência de Tertulien Mésidor em querer comprar suas mercadorias. Ermancia fazia de conta que não via. E que não ouvia. Olmène sucumbiu a esse mesmo círculo de silêncio, seguindo o rastro da mãe. Ermancia, no entanto, não podia deixar de pensar que Tertulien Mésidor era igualzinho ao pai, Anastase Mésidor, que, durante suas viagens, sem nenhuma consideração ou restrição, dormia com tantas mulheres que esquecia seus nomes após possuí-las. Assim, ele povoava toda a costa ao redor e as montanhas além com crianças cujos nomes ele ignorava e cujos rostos não conhecia. Até mesmo as mulheres que poupou do seu desejo de ogro, que se benzeram depois de seu falecimento, ficavam intrigadas com tal potência. Olmène e Ermancia também ficaram naquela manhã.

Elas subiram a montanha quase sem sentir o calcário áspero machucar a sola dos pés e cortar os calcanhares. Olmène acabara esquecendo as dores, a mãe repetira tantas vezes que pés incapazes de enfrentar pedras e cascalhos não serviam para nada, eram inúteis: "Deus te deu pés para que tu use eles!" Elas foram embora bem tarde naquele dia e apertaram o passo para que não fossem surpreendidas por um sol ardente. Mal dava para aguentar porque o mar estava calmo. Se estendia a perder de vista. E refletia a luz como que para pôr fogo na terra.

Na primeira curva do alto do morro, Olmène encontrou as primeiras árvores de um verde escuro, que não cresciam densas, mas já escapavam da aridez selvagem da terra de Baía Azul. Na entrada de Roseaux, Ermancia e ela fizeram uma pausa, o tempo de secar o rosto, aliviar a bexiga, pegar duas mangas e cravar os dentes nelas. Também o tempo de conversar alguns minutos diante do comércio da Sra. Yvenot, que lhes ofereceu a metade de um abacate e um *kasav*.* Olmène não pôde deixar de olhar os sapatos novos da Sra. Yvenot, pretos com uma fivela na lateral. Havia dois meses que sonhava com os sapatos toda vez que passava por ela.

Recém-chegada da República Dominicana, a Sra. Yvenot se gabava dos ganhos suculentos da venda de alimentos e de feijão guandu. O que Ermancia sabia da República Dominicana começara nos momentos das refeições compartilhadas com Joséphina, uma amiga fofoqueira de sua mãe em Duverger; depois vieram as trocas de mantimentos com Pedro, Rafael e Julio, em Bani; e tudo terminara com uma morte, sangue, uma cicatriz em seu antebraço esquerdo e um dente incisivo a menos. Ela tinha escapado do massacre de Trujillo porque sua mãe cobrira seu corpo com o dela mesma e dera o último suspiro sob os repetidos golpes de facão e o som raivoso das vozes que gritavam: "Malditos haitianos, malditos!" Eventos que por vezes deformavam a sua alegria ou povoavam suas insônias, apesar do cansaço dos dias. Ermancia não queria nem mesmo pronunciar o nome

---

* *Kasav*: bolo de farinha de mandioca.

daquela parte da ilha e se contentava em ouvir a Sra. Yvenot em silêncio.

No correr de uma frase, com o olhar insinuante e pérfido, ela perguntou-lhes os motivos de seu atraso. Melhor expor as calçolas das outras, para acelerar o pulso da Sra. Yvenot, uma fofoqueira caluniosa, do que se deleitar no sal das lágrimas, no vermelho do sangue ou viscosidade do sêmen. E sentir o cheiro da tristeza com certo júbilo. Ermancia respondeu que Orvil teve dificuldades para se levantar pela manhã, por causa de dores nos quadris. A Sra. Yvenot, satisfeita com a confidência, disse que ela acabaria matando o velho marido: "Você vai acabar com ele, Ermancia!" As duas riam de se dobrar. Ermancia emendou com a história de uma mulher que conhecera em seu vilarejo natal e que um dia... Ela sussurrou o resto no ouvido da Sra. Yvenot. Quando riram de novo, Olmène riu junto, não por causa das palavras sussurradas, as quais não tinha compreendido, mas porque os enormes seios da Sra. Yvenot balançavam como dois cavalos loucos a cada risada – o que não fez com que Olmène esquecesse a mentira de Ermancia e aguçou um pouco mais sua curiosidade sobre aquele homem de idade madura que surgiu das brumas e que fazia a sua mãe mentir.

No mercado de Baudelet, elas se sentaram em seus lugares habituais, debaixo da copa de uma das raras árvores de acácia que cresciam naquele vasto espaço onde se trocava o que a terra produzia – mangas, abacates, bananas-plátano, batatas-doces, fruta-pão, legumes, painço e milho – pelo que a cidade oferecia – fósforo, tecidos de um algodão grosso e azul, sabão e utensílios esmaltados. O lugar onde ela estava instalada com a filha, Ermancia tinha conquistado com muita luta. Ela tomou posse no dia seguinte à morte de Grann Méphise, uma velha vendedora que a protegia, que não deixou filhas, sobrinhas nem afilhadas como herdeiras do lugar. A pessoa imprudente que colocou suas coisas ali logo após esse falecimento ainda deve se lembrar disso. Ermancia se plantou na frente dela, com as mãos na cintura, a saia levemente erguida de lado, e a desafiou: "Tu fica aí nesse lugar por mais um segundo, e eu não respondo por mim!" Depois disso, tivemos que impedir que as duas mulheres saíssem no tapa, e a questão foi resolvida por um tribunal improvisado que imediatamente reconheceu os direitos de Ermancia sobre o lugar.

Olmène gostava da obstinação da mãe, que desafiava tudo: o dia, a noite, as pessoas e os animais. A terra podia se inflamar; as águas, transbordarem dos leitos; mas ela não cedia. Seguia em frente. Ia até o fim. Ermancia galgava, a cada dia na feira, mais um pedacinho de terra. O que permitiu a ela, depois de três meses, poder instalar suas mercadorias com toda a tranquilidade em um dos lugares mais cobiçados do mercado de Baudelet.

Mas ela não se contentou com o mercado. Organizou-se para conquistar a Sra. Frétillon, ao lhe oferecer suas mais belas berinjelas, seus inhames e seus feijões, sem contar as folhas de tabaco, tão longas quando o braço de um homem. Logo se tornou a fornecedora preferida da Sra. Frétillon, que até lhe dava uma xícara de café nos dias de feira.

Lucien, um dos filhos de Albert Frétillon, ao contrário da irmã, Églantine, que permaneceu na França, e do irmão

François, estabelecido em Porto Príncipe, amava o apetite daquele comércio da província com o qual seus antepassados tinham feito fortuna. Ele havia se casado com Fatmé Békri, uma mulher sírio-libanesa. Naquele tempo, era certa contravenção para um burguês, mesmo vindo da província, se casar com uma mulher sírio-libanesa. Mas Lucien sabia que não haveria ninguém como ela para transformar mercadorias em dinheiro vivo. Ele colocou Fatmé Békri Frétillon debaixo de uma caricatura que mostrava um homem magro e esfarrapado diante de um outro homem barrigudo, vestido com roupas caras. Abaixo da primeira imagem, podia-se ler: "Eu vendi fiado", e, abaixo da segunda: "Eu vendi no dinheiro." Quando alguém lhe pedia desconto ou pagamento fiado, a Sra. Frétillon, uma hipócrita agradável, apontava o dedo para a caricatura e traduzia para os camponeses, com grandes gestos, num crioulo doce tingido de árabe: "*Ti chérrrie, mafifrouz*, eu não posso, *mwen pa kapab*."

Em pé atrás da mãe, Olmène gostava de observar os homens sentados na varanda dos Frétillon, bem como fazia seu antepassado Bonal Lafleur, há quarenta anos. Sempre os mesmos: o diretor do colégio, um negro retinto; o comandante da praça, um negro mestiço de Jacmel; e o juiz do tribunal civil, um homem pardo de Jérémie. Ela observava tudo, ouvia tudo e se lembrava das raras vezes que vira Tertulien Mésidor junto desses senhores para decidir questões que estavam além da sua compreensão. Assim como estavam além da compreensão de seu pai ou seu antepassado Bonal Lafleur. Era 1960 e, assim como nós, Olmène não sabia que eles falavam do homem no poder, um médico do interior que falava com a cabeça baixa e tinha uma voz anasalada de zumbi, usava um chapéu preto e óculos de lentes grossas. Por ele ter cuidado dos camponeses e curado casos de bouba, algumas pessoas, como o diretor do colégio, acreditavam em sua humildade, caridade e compaixão infinita. Outras, a exemplo do comandante e do juiz, sentindo que seu antigo mundo de castas de peles claras estava ameaçado, desconfiavam da cara de camponês negro que não passava nenhuma confiança. De verdade, nenhuma confiança! *"Bakoulou*, esperto", eles repetiam. Tertulien estava arrependido de ter se deixado levar pelo juiz e pelo comandante, e de ter apoiado o rival do homem de chapéu preto e óculos de lentes grossas. Outros ainda, e nunca saberemos exatamente quantos, tinham motivos para acreditar que seria agora difícil, naquela ilha, manter alguma dignidade.

Como todos nós, Olmène se perguntava frequentemente se Deus, o Grande Mestre, em sua sabedoria, os tinha criado, ela e os seus, do mesmo barro que todos eles. E se tinha colocado tanto cuidado na criação dela quando na deles. O mesmo tanto naqueles que gostavam do homem de chapéu preto quanto naqueles que não gostavam. Olhou para os seus pés descalços, para a augusta assembleia de homens, para a pele clara da Sra. Frétillon e o carro novo de seu esposo. Parecia que não. E a nós tampouco.

Olmène ainda pensava naquilo nas primeiras sombras do crepúsculo, depois de ter lavado o rosto muitas vezes, deixando gotículas que faziam sua pele parecer de madrepérola. E depois de ter se esfregado e esfregado os pés até tirar toda a poeira. Ela ainda pensava naquilo ao anoitecer, na galeria do mercado, quando as mulheres com o rosto e os pés limpos se reuniam em volta das velas com seus pavios embebidos no óleo e no único fogareiro de Man Nosélia para bebericar chás e conversar. Falar para arrancar da noite essas palavras que só pertenciam a elas. As palavras que elas tiravam da claridade dos dias, como se fosse necessário um pouco de escuridão para compreendê-las. Olmène gostava dessas vozes que pareciam sair de um único grande corpo de sombra. De uma única boca. As chamas dançavam sobre as palavras queimadas, nuas, pertencentes à noite. Olmène distinguia uma silhueta mordida pela escuridão cada vez que uma das mulheres se inclinava para reanimar o fogo ou para se servir de um pouco de chá de canela, de anis ou de gengibre em sua caneca esmaltada. Ou quando o rosto de uma delas surgia dos vultos quase azulados da fumaça de um cachimbo.

Elas se revezavam, sem deixar o ânimo esmorecer, encadeando uma história na outra. De cobradores e de soldados, sempre prontos a extorquir alguma coisa. As escapadas das concubinas, a impertinência das professoras, as *matelotes*,* as preocupações com as crianças. Histórias das roças, onde trabalhavam plantando legumes, painço e milho. Histórias do jardim mais precioso, que as mulheres guardavam bem aninhado entre os quadris e que só a elas pertencia. E dos homens que por ali paravam para reanimar sua fonte e acender o fogo. Palavras de mulheres que falavam da graças a Deus, da força dos Mistérios, das tribulações e dos contentamentos dos seres humanos. Ela teria ouvido por horas essas

---

* *Matelote*: professora.

palavras arrancadas da densidade dos dias. Porque o tempo que corria durante tais conversas não era tempo, era luz. O tempo passado quando se falava assim era como a água que lava a alma, o *bon ange*.*

Man Nosélia não largou o cachimbo até sentir as primeiras queimaduras na boca e uma ardência nos olhos. Riu uma última vez antes de aliviar as feridas da língua, do interior das bochechas e do céu da boca com uma cocção de alface e mel. Tomou fervendo e depois cuspiu um grande jato de saliva, coçou os pés, a virilha e as axilas com um ruído áspero de barata, e dormiu com um sorriso esquecido nos lábios.

Ermancia ajeitou os trapos sobre os quais dormiria com a filha. Elas refizeram as contas do dia uma última vez e passaram em revista os projetos para o futuro: uma vez que o maior porco estivesse gordo, ele seria vendido para comprar dois outros mais jovens, que seriam por sua vez engordados, e as novas terras do Estado seriam utilizadas para a criação desses animais.

"Mesmo que, apenas entre nós, Olmène, a terra dos animais já não dê para muita coisa, se fosse por mim, já tinha ido lá pra cima. Lá onde o café nasce em abundância. Lá onde as veias da terra são frágeis, mas o chão ainda é generoso." E depois Ermancia suspirou: "Mas fazer o quê, né?"

Olmène a ouvia com atenção, ao mesmo tempo que tenava ligar a mãe à vendedora do mercado, à mulher que ela descobria. Ermancia se deu conta e, um pouco antes de fechar os olhos, sussurrou para Olmène que nem tudo devia

---

* *Bon ange*: na tradição vodu haitiana, a parte da alma que guarda a consciência e a memória. (N.T.)

ser dito. Principalmente aos homens. "Mesmo que eles ofereçam um teto e cuidem dos teus filhos." Que o silêncio é nosso melhor amigo. O único que nunca trai. "Nunca, está me ouvindo?", insistiu. Olmène se aninhou na mãe, deitando a cabeça em seu ventre. Para atravessar com ela essas terras silenciosas onde o homem só penetrou com ignorância e vaidade. Lá onde, por mais conquistador que seja, ele nunca se aventurou.

Olmène entrou na grande planície da noite, varrida por ventos contrários, pensando no encontro ao amanhecer, no mistério que Ermancia parecia guardar desde então, na conversa da noite entre as mulheres do mercado e nas últimas palavras de sua mãe. Ela sorriu com a ideia desse primeiro segredo feminino. Dessa primeira cumplicidade entre mãe e filha.

Ela olhava as estrelas lá fora, parecidas com pregos fincados no céu. Como nós, sabia que Deus os havia pregado ali e podia retirar um deles quando bem quisesse para enviar mensagens aos *hougans** ou às poderosas *mambos*. Ou para colocá-los em suas mãos abertas.

Outros pensamentos lhe chegavam, claros, porque não havia ruídos ou palavras. Não pediam nada. De seus lábios escapou um suspiro que era apenas cansaço. Um suspiro despertado pela lembrança do olhar de um homem. A lembrança dos olhos desse homem nela como se fossem mãos. Um prazer difuso subiu de um ponto úmido e quente vindo de dentro. Ela se retorceu para segurar aquela onda desconhecida. Um suspiro escapou novamente, mas ninguém ouviu. Ninguém. Nem mesmo Ermancia.

---

* *Hougan*: sacerdote do vodu.

9

Com algumas outras mulheres, duas de Roseaux, uma de Pointe Sable e duas de Ti Pistache, Olmène e Ermancia pegaram novamente a estrada, no início da tarde, em direção a Baía Azul. Uma atrás da outra, se reagrupando, e de novo uma atrás da outra. Em bando, como pássaros que migram. Mancha semovente, nunca a mesma, pelas veredas sinuosas sob o céu e o sol. Olmène mais do que nunca se sentiu parte daquelas mulheres vindas dos quatro caminhos. Expostas a todos os ventos. Mulheres com o mesmo vestido desbotado e remendado. Mulheres com a fala em farrapos. Uma força está adormecida no balanço de seus quadris, e em suas vozes também. Como se por baixo do húmus houvesse um leito de água viva, uma fonte de fogo.

Mal tinha dado três horas quando, no caminho entre Roseaux e Ti Pistache, elas cruzaram com um jovem padre, com grandes manchas vermelhas sobre uma pele já bastante castigada pelo sol. Ele vinha no lombo de um burro, conduzido por Érilien, o sacristão da capela de Roseaux, que também transportava um conjunto de objetos heteróclitos – uma chaleira, duas canecas esmaltadas, livros, um cobertor. O suor escorria de sua testa, quase forçando-o a fechar os olhos, e marcava sua batina branca com grandes círculos debaixo dos braços, nas costas e logo abaixo da barriga. O padre ofegava como um touro. De seu rosto redondo se sobressaíam olhos esbugalhados. Dispostos e ingênuos. Ingênuos a ponto de acreditarem que sua entrada no mundo de

Ti Pistache, Baudelet e Baía Azul era óbvia e necessária, e que essa obviedade e necessidade seriam irremediáveis. "É o novo padre", Ermancia sussurrou a Olmène. "Ele vai para a capela de Santo Antônio de Pádua em Roseaux."

O jovem padre, que tinha mais ou menos trinta anos, rechonchudo e cansado, tirou o chapéu quando se aproximou para cumprimentar as pessoas, secou o rosto e o pescoço, se apresentou e anunciou que era o novo pároco de Roseaux. Que ia construir uma bela igreja. "Eu vos espero para ouvir a palavra de Deus." Ermancia sorriu e assentiu com um "Sim, *mon pé*" submisso. Mal se ouviu. Os olhos grudados no chão. Érilien excedeu a piedade daquelas mulheres que ele afirmava conhecer há muito tempo. Olmène, por sua vez, sorriu, examinando o homem de cima a baixo com uma atenção aguda. Os sorrisos delas tinham erguido um muro invisível, contra o qual padre Bonin – era esse o nome dele – tinha se chocado sem nem se dar conta. Um muro que o sacristão as ajudou a erguer com suas palavras. Ermancia e Olmène, em pé, atrás desse muro, ficaram observando o padre ir na direção de Roseaux. Érilien, não querendo levantar nenhuma suspeita com o recém-chegado, não trocou um só olhar com as duas mulheres e foi se afastando sem olhar para trás, com a mão firme na rédea do burro. O padre Bonin seguiu seu caminho, exausto da viagem, mas com o coração já no trabalho e a alma mais leve, certo de que havia conquistado duas novas ovelhas para o seu rebanho, a caminho da salvação.

Entre Roseaux e o morro de Peletier, Olmène, Ermancia e as outras mulheres caminhavam ao longo do rio Mayonne, costeado de *malangas* com grandes folhas violetas e flores de cardamina, parecendo cabelos crespos, com o mesmo medo no coração, o de ver Simbi* surgir entre dois seixos e as arrastar até um refúgio de onde elas não voltariam ilesas – como aconteceu com a filhas da Sra. Rodrigue, uma mulher de Pointe Sable que desaparecera num meio-dia e fora encontrada três dias depois, vagando a dez quilômetros de lá, atormentada, quase sem roupa e muda. Abandonada por seu *bon ange* no meio do vendaval. E, porque a superfície da água podia ser um espelho imprevisível, às vezes implacável, Ermancia se virou para trás para ter certeza de que Olmène a seguia e não se inclinava para o rio, tentando surpreender o que poderia fazê-la se perder.

Elas retomaram o caminho. A cada subida se sucedia uma descida que não levava a um lugar plano, mas a uma faixa de terra que preparava para uma nova subida até uma trilha estreita que beirava um perigoso penhasco. Sentindo que se aproximavam de Baía Azul, aceleraram o passo em silêncio e galgaram a última colina.

Olmène e Ermancia chegaram enfim a Baía Azul. Atrás delas, os papagaios vindos das montanhas longínquas berravam, anunciando a iminência das chuvas. No horizonte, o globo vermelho do sol caía com o canto dos pássaros aquáticos. O vento quebrava a crista das ondas em respingos de espuma que vinham morrer na areia. Baía Azul já dormia. Desceram o morro com o passo leve, quase correndo, magnetizadas pelo vilarejo. Olmène queria rever seu pai, Orvil, seus dois irmãos, Léosthène e Fénelon, e todas as tias, tios, primos e primas. Todos.

---

* Simbi: uma das divindades do mar.

A estrada até Baía Azul fora longa. Muito longa. Ela conduzia ao nosso mundo. Um mundo sem escola, sem juiz, sem padre e sem médicos. Sem aqueles homens que diziam da ordem, da ciência, da justiça e da fé.

Um mundo entregue tão somente a nós mesmos, homens e mulheres que sabemos o suficiente sobre a condição humana para falarmos sozinhos com os Espíritos, os Mistérios e os Invisíveis.

10

A pesca do dia não fora tão boa quanto a do dia anterior, porque algumas armadilhas não estavam mais funcionando. Orvil saíra ao amanhecer com os filhos, Léosthène e Fénelon, e tiveram que brigar por duas horas com um bonito que, no fim das contas, nem conseguiram pegar, deixando ao seu redor um mar vermelho de sangue. O *bois-fouillé** tinha enchido de água, e eles estavam certos de que viraria com os poucos peixes que tinham pegado mais cedo. Na volta para Baía Azul, Léosthène e Fénelon tiravam as escamas e limpavam as vísceras dos peixes com seus facões, então os colocaram para secar no sal.

Mas depois daquela pesca difícil pela manhã, Orvil estava exaurido. "Viver e sofrer são a mesma coisa." Ele sempre soube. "Toda a nossa vida atravessada por sofrimentos, calcanhares fincados na terra para não vacilar. E, quando queremos lançar obscenidades ferozes a essa mesma vida, chamamos os Mistérios e os Invisíveis e acariciamos a vida, como se doma um cavalo xucro."

Orvil mal tinha entrado pela porta de casa e teve que intervir para cuidar de Yvnel, o filho do seu irmão mais novo, Nélius. Ele colocou um lenço azul no pescoço. Azul, a cor de Agwé, seu *mèt tèt*. Usava azul todas as vezes que tinha que trabalhar pela cura de alguém, ajudar em um parto difícil ou tirar um quebranto de uma pessoa, de uma casa ou de uma roça. Yvnel tremia da cabeça aos pés, acometido de uma fe-

---

* *Bois-fouillé*: barco feito com o tronco de uma árvore.

bre terrível. Orvil foi até os fundos da casa, em um pequeno bosque da família. De lá pegou raízes, cascas e ervas que macerou, misturou e amassou em uma tigela esmaltada, enquanto cantava murmurando:

Mèt Gran Bwa Îlé
Zanfan yo malad
Bezwen twa fey sakré
Pou m bouyi te
Mestre Grand Bois Ilha
Teus filhos estão doentes
Preciso de três folhas sagradas
Para preparar o chá

O rapaz engoliu fazendo careta três goles de um líquido esverdeado e viscoso, cujo segredo da feitura apenas Orvil tinha. Quando ele chegou perto da mãe de Yvnel, foi para tranquilizá-la.

Orvil enfim se sentou na soleira de casa, pegou sua garrafa de *trempé* e derramou três gotas na terra para os Mortos antes de levar à boca. Uma vez. Duas vezes. Muitas vezes. O túmulo de seu pai, Bonal, bem ao lado da casa, entre cascalhos e ervas selvagens, se destacava atrás dos círculos da fumaça azulado do seu cachimbo. Ele se lembrou do cavaleiro que tinha visitado sua mãe, Dieula, e da penitência de um mês. Depois se entregou a uma doce sonolência, *nan dòmi*, esperando que os Invisíveis e os Mortos viessem lhe visitar atrás de suas pálpebras fechadas.

Bonal Lafleur não tardou a lhe mandar um sinal do túmulo. Um Bonal sóbrio, pensativo e até preocupado, com uma camisa de um grosso algodão azul, grande demais para os ombros magros. Atrás de Bonal, Orvil distinguiu a sombra furtiva de Dieunor, o antepassado *franginen*. Uma longa silhueta evanescente, testa alta, rosto magro. Mas ele o teria reconhecido entre todos, por causa da cicatriz na bochecha direita. Não passava um dia sem que ele pensasse em Dieunor, sem que se lembrasse dos ensinamentos do antepassado *franginen*, que Bonal, seu pai, tinha lhe passado.

Quando Ermancia e Olmène chegaram, Orvil, com a cabeça ligeiramente pendida para a frente, ainda cochilava na cadeira escorada na parede na entrada da casa. Olmène ficou olhando os movimentos amplos de seu tórax, como os de um animal em repouso. Seu rosto imóvel exprimia um cansaço profundo, que se confundia estranhamente com um sorriso esquecido na boca. Por um momento, Orvil resistiu à mão que balançava gentilmente seu ombro. Nem Ermancia nem Olmène mencionaram a aparição intempestiva e inesperada de Tertulien Mésidor na secagem de peixes da feira de Ti Pistache.

Orvil se espreguiçou por um bom tempo e perguntou mecanicamente se a venda tinha sido boa. Ermancia fez uma caretazinha e deixou escapar um "Nada mal" rotineiro, embora elas tivessem vendido tudo e por um ótimo preço. Ela estendeu uma parte, só uma parte do dinheiro das vendas a Orvil, assim como o sabão, o óleo e o pedaço de tecido que tinha comprado da Sra. Frétillon. Ermancia prometeu a ele que mandaria fazer uma camisa nova em Roseaux. Ele concordou.

Quando ela pediu notícias dos filhos, Orvil lhe respondeu que Léosthène tinha agora mesmo lhe contado novamente sobre o desejo de sair de Baía Azul e ir para a República Dominicana ou para Cuba. Não importava onde, só queria ir embora. Assim como Saint-Ange, o pai dos filhos de Ilménèse. Como Dérisca, um homem de Ti Pistache que partiu para a ilha grande e que a tinha trazido de volta com suas palavras cantadas como sinos – "*caramba, porqué no, si señor*" – "*guayabelles*,* como nunca se viu, e dois dentes de ouro que dizem muito sobre o que um homem pode acumular lá em Cuba." Philogène, o irmão de Orvil, antes de morrer, pôde comprar um forno de pão para a mãe de seus filhos, entre Roseaux e Baudelet. "Apenas cortando cana, o tio Philogène conseguiu comprar", repetia Léosthène.

"Nunca sabemos de nada se depender de Fénelon", disse Orvil. "Nunca." Assim como Léosthène era uma pessoa de coração aberto e transparente com relação a alegria, dor, tormento ou contentamento; Fénelon era o oposto, amava a sombra e o silêncio. Ninguém sabia se ele queria ficar ou partir, se ele iria atrás de um sonho, ou se escondia uma raiva ou uma resignação no punho fechado. Ninguém.

Léosthène queria ir embora para terras onde a fortuna às vezes acariciava o sonho de homens como ele. As imagens giravam dentro de sua cabeça em uma sarabanda maluca e ele repetia sem parar: "*Mwen pralé*, eu vou embora. *Mwen*

---

* *Guayabelle*: camisa típica do Grande Caribe (guayabera).

pralé." Ele tinha enterrado bem fundo a raiva de viver e não queria trazê-la à tona só para morder a esperança. Orvil não tinha prestado atenção nas primeiras vezes que Léosthène havia dito aquelas palavras, mas acabara aceitando que elas o machucassem como golpes de facão. O sangue não escorria, mas era como se o fizesse. Muita gente já havia partido. Gente demais. Todos os dias, Orvil dizia a si mesmo que também ele passaria por esse sofrimento.

Enquanto a ameaça da partida de Léosthène pairava na casa, Olmène ainda estava sob o efeito do encontro da manhã anterior. Fénelon, o filho caçula, não falava nada, tinha o olhar perdido na estrada. É verdade que o mar já não dava mais como antes, e que as roças onde cresciam legumes banhados de sol se negavam a produzir a mais. Orvil e Ermancia queriam colonizar as terras do Estado, que estavam abandonadas não muito longe de Baía Azul. "Aquelas terras vão produzir por um tempo. E depois?", repetia Léosthène. "Vocês vão pegar outras. E depois?" Dizia isso a eles como que para nos acordar, para nos tirar de um sonho. Fingíamos não ouvir. Ele, de sua parte, temia uma recusa em herdar um desejo de fugir da gente. De não seguir mais os passos do nosso sangue. Léosthène simplesmente não queria esperar mais e tinha perdido todas as razões pelas quais nem esperávamos. Ele não queria. Não queria mais. A impaciência tomava conta dele de maneira muito forte. E nós não podíamos mais segurá-lo.

Foi com certeza naquela noite que Orvil sentiu que, se viver e sofrer fossem a mesma coisa, havia na mão áspera do vento, na mordida do sol, no ventre das águas, algo como uma tempestade que se anunciava. Fazia muito tempo que ele não chamava as divindades da família e agora sentia uma necessidade profunda. Ele implorava seu perdão por tê-las negligenciado durante longos meses. Ainda que os tempos fossem difíceis. Porque as *lwas* têm fome e sede, e até mais que nós. E é preciso nutri-las. Para que elas nos protejam. Para que olhem por todos nós e fechem a porta dos infortúnios.

Cilianise e Ilménèse, sua mãe, tinham preparado, para todo o *lakou*, bananas verdes cozidas, feijão vermelho e painço, que foram um pouco como um bálsamo para a fome. E nos garantiu que comer juntos era uma coisa boa e quente. Que, naquele círculo, a fome nos ensinava a partilhar. Mais tarde, Orvil espantou as tristezas contando pela enésima vez, em pé e reforçada por grandes gestos, a história de Dieunor, o antepassado *franginen* desaparecido do outro lado das montanhas num início de tarde, num mês de fevereiro. "Quando ele não estava fumando cachimbo, estava bebendo de uma garrafa dentro da qual ele mesmo tinha macerado especiarias, cascas e ervas em *clairin*, e só comia *kabich*,[*] mandioca, cana-de-açúcar e manga. Nada mais. Os Invisíveis estavam com ele o tempo todo. O tempo todo. Ele nem precisava chamar por muito tempo nem muito alto. Eles estavam ali. Dieunor reinava no centro do *lakou* como um grande *danti*. Como um *rei*."[**]

---

* *Kabich*: pão sem fermento.

** No original *roi*, aquele que preside o grupo e que geralmente é o líder do *lakou*. (N.T.)

"Então, um dia..." Olmène, sentada recostada na cadeira de seu pai Orvil, agarrou-se a ela como se pudesse impedir o tempo. E virar as costas à idade dos cabelos brancos que já se anunciava. Na liberdade do espaço dos sonhos, ela se juntou por um momento à roda de crianças de onde ela tinha acabado de sair, lá onde havia nuvens douradas, reis da floresta, ogros insaciáveis e Thésée, o peixe apaixonado. Suas risadas ecoavam cada vez que Orvil imitava a voz potente do antepassado. Que amava acima de tudo ficar no topo da imponente cachoeira que dava para o morro Peletier. Olmène imaginou o antepassado *franginen* como na época em que Baía Azul e o mundo ainda eram uma ideia no ventre da Gênesis. As palavras adquiriram uma cor maliciosa e louca, e o contentamento acendeu estrelas nos olhos e fez os primeiros raios de luar se deitarem nos telhados.

As esteiras que acolheram Léosthène e Fénelon estavam se desfiando nas bordas e lotadas de pulgas. Apesar da palha áspera, eles logo adormeceram. O dia tinha sido difícil. O zunido irritante dos pernilongos passava por seus rostos, braços e pernas. Estavam cheios de picadas.

Ermancia, Orvil e seus filhos foram dormir no único quarto daquela casa. Com cheiro forte, genésico, dos pobres, o cheiro teimoso de Orvil e Ermancia, aquele mais ácido das crianças e o ocre dos adolescentes na batalha dos hormônios, que se misturava ao odor perene de cascas e folhas podres, ao fedor do buraco onde nos agachávamos atrás da casa, às exalações selvagens dos animais – os dois porcos, a leitoa, as duas galinhas e o cabrito.

Era o mês de julho, com o calor que anunciava os furacões. As primeiras gotas de chuva, lentas, espessas, espaçadas, batiam regularmente, como passos descalços, e se misturavam ao chiado dos ratos no colmo. A escuridão desceu e nos oprimiu em seus segredos, suas criaturas estranhas, seus ares malignos. Cada um em sua cabana silenciosamente deu início às orações para entorpecer os *bakas*:* "*Vade retro Satana*", e se lembraram do que era mais simples para afastar os demônios.

Na casa, só tinha uma cama, a de Orvil e Ermancia. Um colchão feito de tantos calombos e buracos que de longe poderiam ser confundidos com grandes rochedos. Ermancia recebeu Orvil neste colchão. Sem um gemido. Sem uma queixa. Sem uma palavra. Até que, com um grunhido, ele se virou para a parede e dormiu. Olmène tinha os olhos e os ouvidos bem abertos. Ela pensou naquelas noites em que os gemidos eram abafados, os suspiros e arfadas de Orvil e Ermancia, sacudidos da cabeça aos pés, lembravam uma longínqua briga de gatos.

Olmène se revirava em sua esteira estendida no chão e por fim enfiou a cabeça na pilha de trapos como se fosse o ventre de um animal fedorento. Por causa do que Ermancia e Orvil tinham acabado de fazer, a lembrança de Tertulien a perturbava ainda mais. Uma lembrança que misturava curiosidade, medo e especulações de todo tipo. Ela apertou as mãos entre suas coxas, como que para conter aquilo que se mexia dentro dela. Dor. Movimento. Doçura. E quem, se ela tivesse ouvido a si mesma, a teria levado de volta ao mer-

---

* *Baka*: criatura ou espírito maléfico.

cado de Ti Pistache. Ela ouviu a madeira rangendo por causa do vento e dos pingos de chuva. Parecia que a casa estava se decompondo gradualmente pelos efeitos acumulados da água, do sal e do vento. O cansaço acabou por levá-la a um sono leve, muito leve. Um sono sem sonhos. Atravessado por imagens fugazes. Imagens do antepassado *franginen*, da cachoeira, dos reis magos, da laranjeira desafiando as nuvens para subir ao céu e a imagem do homem maduro se sobrepondo a todas elas. Imagens das quais ela não se lembraria ao acordar.

Pela terceira vez em quinze dias, Agwé apareceu para Orvil em um sonho.

No dia seguinte, o furacão não nos deu nenhum respiro. Choveu três dias a fio, como se uma muralha de água escorresse pela montanha nos aprisionando, nos isolando num país líquido. As lascas de madeira de pinho foram umedecidas para cozinhar a comida, e nós tivemos que ficar acordados até tarde em nossas casas, levantando-nos apenas para compartilhar alguns pedaços de *kasav*, falando em voz baixa, espiando pelas frestas da madeira o estalar das árvores sob o rugido do vento e da chuva, ouvindo o barulho dos bichos que estavam ali por perto. Depois, no último dia, a chuva afinou, e o chão ficou cheio de sulcos e poças. Foram três longos e tediosos dias de espera, repreendendo as crianças que brigavam e não paravam quietas, fazendo tranças nas meninas e nas mulheres, desfazendo e refazendo de novo. Contando os sonhos, tentando encontrar um significado para eles. Ruminando os tempos passados, tempos longínquos, e revivendo os boatos. Três longos dias de um falatório atravessado por silêncios para falar com os deuses. De risos que nos dobravam para enganar o ronco da fome nas nossas barrigas. Três longos dias, nos quais Léosthène sonhava em partir; Orvil sonhava com um serviço a Agwé; Fénelon e Ermancia estavam entregues à monotonia dos dias. Três longos dias em que Olmène pensava em Tertulien, que pensava nela.

11

As ocasiões propícias a encontros não aconteciam na frequência que Tertulien Mésidor e Olmène gostariam. Mas eram o suficiente para que eles se vissem por três vezes seguidas no mercado de Ti Pistache, uma delas no caminho para Baudelet, momento em que ela olhou para trás, deixando-o obcecado. E, a cada vez, os pensamentos insidiosos, tantos quantos grãos de areia, se incrustavam em Olmène. Tertulien passou a desejá-la não como um fruto proibido – ele reinava como mestre e senhor de vidas e de bens por quilômetros ao redor –, mas como um bandido deseja a inocência de uma virgem donzela. Ela não tinha muitas ideias na cabeça, a não ser a de que estava na hora de se tornar uma mulher. E que esse acontecimento e esse saber viriam a ela por Tertulien Mésidor, um homem vigoroso.

Então, na quarta vez que eles se encontraram, contrariando seus hábitos, Tertulien se mostrou mais falante e contou histórias enquanto fazia gestos amplos com as mãos. Ele ficou surpreso com as palavras que saíam de uma boca como a sua, que só sabia morder, escarrar xingamentos e pronunciar sentenças de morte. Olmène via em Tertulien um mágico. Ela disse a si mesma que a senhora, a rainha Erzuli Fréda,* tinha posto em seu caminho um homem que lhe conduziria a uma casa sólida e proveria a ela e aos filhos. Ela tinha apenas sua juventude para oferecer a um homem

---

* Erzuli Fréda: divindade do amor, bela, sedutora, sensual e gastadeira; uma das três grandes figuras das divindades femininas.

que vivia sob o mesmo teto que a esposa e que já havia polinizado outras flores de tantas outras mulheres. Olmène não se deixava enganar. Mas Tertulien era ainda mais poderoso aos seus olhos.

Apesar da impaciência, Tertulien esperou o dia em que Olmène foi enviada sozinha ao mercado. Ermancia estava acamada por conta de uma febre alta. Ele a seguiu pelos caminhos de matagais e *bayahondes* que levavam às colinas. Deixou o cavalo longe e tomou-a pela mão. Ela o seguiu e, no meio da clareira, Tertulien mencionou sapatos, três vestidos, uma casa, uma cama com dossel, um pedaço de terra e uma vaca. Ela não disse nada, mas tanto ele quanto ela sabiam que tinham fechado um negócio. Ela parou de repente. Em seu rosto não se podia ler nem desejo nem ira. Nada. Até mesmo os olhos, que ela baixou por um momento, não exprimiam nem submissão nem medo. Ela mordeu a bala de gengibre que vinha rolando na língua até então. Movendo a perna direita ligeiramente para a frente, traçou um semicírculo na grama com o pé descalço. O desejo fez os olhos de Tertulien brilharem. Ele já sabia que a possuiria. "Se ela resistir, pego à força. Estupro." Mas Olmène tinha entendido que poderia ganhar com aquela troca e jogou o jogo acordado.

Então, quando ele fingiu insistir, ela fingiu inocência e ergueu os olhos para dizer a Tertulien: "Você pode ter o que quer." A folhagem de uma velha árvore de mogno fez sombra para eles e, apesar do calor intenso, Tertulien sentia a carícia de uma brisa.

Olmène manteve os olhos fixos nele por um momento, como que para mensurar o que poderia acontecer que ela não sabia. Era apenas pelo cochicho das mulheres ou por seus risos quando se encontravam sozinhas no mercado que ela adivinhava as coisas. Tertulien queria sentir – o capricho último dos homens – uma resistência, por mais leve que fosse, para ter a sensação de que lhe pegaria à força. Adivinhando seu corpo por debaixo do vestido grosseiro, apertado na cintura por um lenço torcido, ele já a devorava com os olhos. Nela não havia nem medo nem desejo nem ira, mas a espera de uma jovem camponesa de dezesseis anos por um homem que lhe ofereceria um teto pelo qual a água não passaria; filhos dos quais ele se ocuparia e a quem daria de comer todos os dias.

Apesar do desejo violento, Tertulien cuidou para não rasgar o vestido de Olmène. Abriu a parte de cima e pôs uma boca desesperada de sorte sobre dois mamilos eriçados. Olmène foi coberta por aquele homem ofegante que a penetrou sem sequer tirar as calças, apenas abriu a braguilha. Ele a penetrou com a força ávida e voraz, inevitável de uma primeira vez, e com o apetite de um homem maduro a quem uma menina dava a ilusão de que a morte não existia. "Como você é macia, Olmène! Com essa pele de manga madura, tua *chafoune*[*] de cana-de-açúcar", ele sussurrou, embriagado por um corpo que exalava aqueles perfumes fortes que ele amava tanto. Sim, ele amava as camponesas. Ele as amava!

---

* *Chafoune*: termo do crioulo haitiano que designa a vulva, usado de forma afetiva ou erótica. (N.T.)

Muitas vezes seguidas, Olmène segurou um grito no peito, até que o prazer engolisse a dor com um suspiro vasto. Tertulien tinha os gestos precisos de um aproveitador, tinha que fazer tudo rápido, muito rápido, antes que um olho indiscreto viesse espiar aquele gozo. O de Tertulien foi apressado, apressado demais para o seu gosto, e chegou no frescor e na volúpia de Olmène com espanto. Uma leve vertigem o fez crer por um momento que seu *bon ange* o tinha levado para o leito de um rio, nos braços de Simbi, ou para a boca do vento, a boca de Loko. Longe, muito longe. Lá onde se entrevê a morte. A doce morte.

Tertulien guardou na língua o sabor da bala de gengibre que Olmène tinha acabado de morder. Ele ficou atônito, até mesmo transtornado, e prometeu a si mesmo que da próxima vez acariciaria aquele corpo oferecido ali mesmo, na relva das estradas. Acariciaria desde o calcanhar duro até seu cabelo preto-carvão e a faria tremer como as ondas desencadeadas quando o mar está revolto. Ele se prometeu tudo o que sua vaidade de homem inventou. Olmène também saboreava uma doçura, aquela de se encontrar lentamente com o seu destino.

Ela se limpou, curiosa, daquela saliva pegajosa que escorria dela, ajeitou o vestido, sacudiu as palhas e a terra seca que estavam grudadas nela, e deixou lá Tertulien sem olhar para trás. No caminho para casa, sua pele parecia mais macia, como se tivesse sido besuntada de dendê. As costas doíam por ter aguentado o peso de um homem tão corpulento. A coisa entre as coxas estava toda machucada, os seios selados pela boca de um homem. Ela tocava os punhos, que

Tertulien tinha mantido o tempo todo contra o chão. E foi por meio de todas essas partes do corpo, que lhe doíam, que ela conheceu as primeiras dores do prazer.

Quando, um pouco mais tarde, Tertulien cruzou com Dorcélien, o chefe da seção, fechou ostensivamente a braguilha para se gabar como um macho. Tanto e tão bem que, quando Olmène também cruzou com ele, pareceu que Dorcélien lhe sorriu com um ar de satisfação. Seu sorriso tinha algo de lascivo e de *chanson-pointe*.* Era certo que ela, Olmène, nunca mais olharia os homens tomando banho nus no rio Mayonne do mesmo jeito. Era certo que ela pensaria de outra maneira nos cochichos e sorrisos cúmplices das mulheres, no balanço dos quadris de Gédé.** Era certo que ela tinha se tornado uma mulher.

Uma linhagem nascerá dessa tarde calorenta. De um senhor, cujo desejo o obrigou a dobrar os joelhos, e de uma camponesa, que se abriu a um homem pela primeira vez.

---

* *Chanson-pointe*: uma canção que fala nas entrelinhas sobre um evento que aconteceu na comunidade ou sobre uma questão política.

** Gédé: divindade que simboliza a vida e a morte.

12

O desconhecido colocou as mãos à frente do rosto como que para se proteger de um sol cegante e tentou, procurando nas brumas, avistar o horizonte. Depois de ter tropeçado para trás, numa espécie de terror, saiu correndo com dificuldade por causa da areia molhada, na qual seus sapatos afundavam. Ele se virou várias vezes na minha direção, como se quisesse se convencer daquilo que via.

Ele agora estava na altura das primeiras casas do povoado, berrando sempre os mesmos nomes: Estinvil, Istania, Ménélas. Berrando tanto, a ponto de rasgar os pulmões.

Mãe, invoque Deus, a Virgem e todos os santos. E todos os Invisíveis. Todos. Invoque-os com força! Peça que Ogou[*] desça sua espada sagrada sobre mim. Faça-o, eu te imploro, por favor, tanpri.[**]

Só me resta guardar todas as minhas forças para o que virá… O que virá e que eu não conheço. Fingir de morta. Para que me deixem em paz. Para que eles não venham me revirar em todas as direções e me causar mal ainda por cima.

Jimmy chegou de longe. De muito longe. Da cidade grande. Com suas roupas de lojas, seus dois anéis, um deles com uma cabeça de leão, e seu perfume como nós nunca havíamos sentido… E ainda botas verdadeiras, de cinema.

---

* Ogou: divindade da guerra e do fogo, cujo duplo católico é São Tiago Maior.

** *Tanpri*: em crioulo haitiano, "por favor" (t'en pris, em francês). (N.T.)

Então, eu me lembro: paguei a um comerciante do mercado de Baudelet algumas gourdes[*] *por uma sandália de tiras. Vermelha. Salto alto. Para pés de rainha. E me dei um pedicure na mesma rua. Porque não há o que se possa fazer, um camponês ou uma camponesa se reconhece pelos pés. Nem é preciso olhar com insistência. Os do meu pai são chatos, grandes, os dedos são contraídos, tortos, deformados. Sem unhas nos dedinhos.*

A primeira vez, eu não queria que fosse com o tio Yvnel. Eu detesto o tio Yvnel. Por causa do que ele tentou fazer. Sob o pretexto de cuidar da gente com olhos de um adulto que tinha consideração, ele pegou o hábito de ir conosco pelos campos até a escola. E então, num dia em que estava indo com Cocotte e Yveline pelo caminho de Roseaux, ouvimos passos vindos do mato. Passos pesados e precavidos. Passos como os de um bicho à espreita nos arbustos. Mas, por causa da respiração cada vez mais pesada, eu acabei por achar que se tratava mesmo de um homem.

Foi o tempo de eu pensar e duas mãos saíram por entre os galhos. As meninas deram no pé. E de repente uma voz autoritária e trêmula sussurrou o meu nome. Me pus na frente dele. Ele avançou, me agarrou pelos braços, eu resisti. Ele me bateu. Eu gritei tão forte que as meninas voltaram e o tio Yvnel me chamou de tudo o que foi nome: "Jeunesse,[**] Ti bouzin."[***] *E eu dei risada, com a garganta aberta, ri dele! E o desafiei!*

---

* *Gourde*: moeda haitiana.

** *Jeunesse*: prostituta jovem, garota de comportamento entendido como ruim relativo a sexo.

*** *Ti bouzin*: expressão do crioulo haitiano, aqui, em uso depreciativo, algo como "coisinha insignificante". (N.T.)

A primeira vez, eu não queria que fosse com o tio Yvnel, mas com um homem que chegaria de carro para me levar embora daquele vilarejo de camponeses, que me levaria embora para longe. Muito longe. Um homem como Jimmy... Com seu corpo íntegro, belo como uma terra distante, grande como uma labareda!

Mas voltemos a esses homens e mulheres que não deixarão de me cercar. Ao furacão dentro da noite. À minha curiosidade aguda por esse homem como nunca.

A bruma demora a se dissipar. Ainda estou nessa neblina de fábula. Os gritos do desconhecido ficaram distantes, mas continuam me preocupando.

Alguma coisa deve ter mesmo acontecido no entardecer do primeiro dia do furacão, algo que explique a minha presença aqui, com um sorriso fixado sobre a areia fria. Esperando a chegada de todo um vilarejo que logo fará a si mesmo as mesmas perguntas que eu.

Tenho dores e estou cansada.

O alvorecer dissolve lentamente as nuvens pesadas, escuras como num luto que encobre o céu há três dias. Uma luz muito suave finalmente desvela o mundo. Reflexos de perolados de rosa, quase alaranjado em alguns lugares, que florescem na minha pele dilacerada, nas minhas feridas abertas, que chegam até os ossos.

13

Orvil não teria suportado um novo sinal de Bonal, nem uma das visitas tão particulares do antepassado *franginen*, ainda menos um quarto aviso de Agwé. Então, teve que afastar todas as visões que lhe assaltavam, aqueles mensageiros negros. Não era mais uma questão de deixar para depois, sob o pretexto de que a terra não estava mais dando. Ou de que o mar hesitava em os nutrir, ou mesmo de que os vendedores do mercado de Baudelet ou o *choukèt larouzé** os assediavam. A decisão sobre o serviço se impunha para Orvil. Por isso era preciso se aproveitar do momento entre dois furacões. Ele se pôs a trabalhar por dias. E nós também.

Ermancia foi rápida em deixar de sentir a pontada no peito que vinha sentindo quando Orvil escolheu vender o porco mais gordo. Uma semana antes do dia combinado, Orvil deixou Léosthène e Fénelon irem sozinhos para o mar e, à frente de Olmène, Ermancia e Cilianise, sua sobrinha, filha de Ilménèse, tomou o caminho do mercado de Baudelet, onde vendeu o porco e comprou um tecido branco para refazer os trajes dos *hounsis*.** Orvil apostou alto, bem alto. Quase tudo. Como nós. E, como nós, ele o fez sem remorso. Sem que qualquer pensamento o impedisse. Sem preocupações de guardar para si algo que era por direito dos Invisíveis, dos Espíritos da família. Apesar da imagem do cavaleiro que não a largava, Olmène ajudou Orvil, Ermancia e Cilianise a

---

* *Choukèt larouzé*: assistente do chefe de um comando que, antes de 1986, garantia a ordem e a segurança nos campos.

** *Hounsi*: iniciado e iniciada no vodu.

comprar as comidas para nutrir e honrar as divindades. Para aqueles que precisam de condimentos úmidos – xarope de orgeat, rum, caldo – e para aqueles que preferem os secos – milho, farinha de mandioca, *griot*[*] de porco e bananas. E, é claro, as comidas preferidas de Agwé, o convidado de honra.

Tiramos todas as ervas daninhas ao redor do *démembré*,[**] varremos e limpamos o santuário, o *badji*.[***] E Nélius, com sua serra, seu martelo e seus pregos, construiu a embarcação de Agwé. Orvil mal falou naquela semana, dormia no chão, ouvido contra o peito da terra batida, para escutar o sussurro de seu coração. Ele se resguardou e não tocou Ermancia; três dias antes da data, jejuou. Como se essa abstinência e esse afastamento do mundo pudessem abrir uma passagem mais segura para os deuses, para os Ancestrais e para as divindades. Antes de cada grande celebração para os Ancestrais, ele pensava em Ilménèse, durante o período das perseguições, quando o ajudou a enterrar todos os objetos de adoração, o *asson*, a espada sagrada de Ogou, os *paquets wanga*,[****] o lenço azul de Agwé e os tambores. À noite, eles prestaram honras aos *lwas*, aos Invisíveis e aos Mistérios em rituais discretos e secretos. Dançarinos alucinados desafiando todos juntos os decretos da diocese para atravessar ao outro lado do mundo. Ele pensava no crucifixo que tinha colocado sobre a única porta de sua casa. Os padres bretões, ajudados pelo comandante da praça e o juiz, os distribuíram

---

* *Griot*: porco frito.

** *Démembré*: parte sagrada e reservada de um espaço ou objeto ritual, que preserva os atributos espirituais da linhagem e não se mistura ao todo comum.

*** *Badji*: santuário propriamente dito do templo vodu.

**** *Paquet wanga*: pacote com ingredientes que conteriam força.

em grande quantidade por todos os *lakous*. Orvil tinha construído sua aura de grande *danti* por ter atravessado essas provações sem vacilar. Sem falhar. Sem desistir...

Na noite da cerimônia, os descendentes dos Lafleur que não moravam no vilarejo chegaram ao cair da noite pela trilha esburacada que serpenteava desde o alto dos morros até Baía Azul. Cada um trazia uma oferenda. Érilien vinha na frente. O chapéu escuro do sacristão contrastava com o vestido branco das mulheres que o rodeavam. Um chapéu de feltro preto que a poeira e o tempo tinham desbotado e lhe escondia a metade do rosto. Os tambores ainda não tinham começado a soar, mas de repente eles apertaram o passo, estavam impacientes para nos encontrar no *démembré* dos Lafleur. Eles viriam nos ajudar, aliviar o peso das nossas dívidas com os deuses e afastar seus próprios males. Deus estava muito longe e muito ocupado, era uma questão entre os Invisíveis e nós.

Quando chegaram, Orvil interrompeu a história de uma extraordinária rinha de galos em Roseaux, para os cumprimentar. Cilianise tirou os sapatos e deu tapas nas pernas e na bunda de seu filho mais novo, que tinha acabado de derrubar um balde de água ao correr entre nossas pernas. O recém-nascido tinha acabado de mamar e dormia com a cabeça escorada em seu ombro. Com uma manga na boca, ela fechou a blusa e devorou com gula a fruta. Olmène aproveitou para perguntar a Léosthène se ele realmente tinha brigado com Dorcélien, o chefe da seção, que tinha trapaceado na rinha de galos. Alguém tinha contado. Fazia alguns meses que todos nós víamos Léosthène saltitando como um potro. Ele olhava o pai. Esse lhe fazia sinal para que calasse a boca e lhe estendia a garrafa de *trempé*. Olmène se inclinou para Yvnel, de quem Orvil tinha cuidado havia alguns dias, e lhe acariciou os cabelos. Um bebê de fraldas esperneava, e as mulheres o passavam de colo em colo. As conversas nasciam e morriam entre as batidas dos tocadores de tambor, que golpeavam os couros estendidos e esticavam as cordas para chegar ao tom desejado. Estávamos todos lá. Todos os galhos da grande árvore dos Lafleur. E estávamos felizes. Felizes por nos evadir da duração dos dias para dançar com os deuses, no chão de terra e na noite.

O branco das roupas ressaltava o ébano das peles, a alegria sábia, antiga, desses rostos, como sua profundidade noturna. E então já estávamos à espera daquela escuridão vinda de fora, aquela massa escura das árvores apoiadas nas trevas, que logo harmonizariam com os silêncios adormecidos no fundo de nós. E tudo despertaria, nossas dores, nossas alegrias, nossas fomes e nossas iras.

No coração de Baía Azul, na nudez da aldeia, um altar foi montado. Por cima, uma toalha branca. Lampiões tremeluziam nos quatro cantos do terreiro, lançando sombras sobre a pequena multidão aglomerada que tinha vindo pedir aos deuses que afastassem a má sorte, a petrificassem, e pedir que eles, os deuses, se aproximassem e viessem lhes habitar. As *hounsis* não paravam de ir e vir, carregadas de cestos e bacias de flores, doces, pombos, bananas, batatas-doces, laranjas e arroz, de todo tipo de comida e garrafas de álcool, de anis, *trempé*, xaropes de orgeat, que elas deixavam diante do altar central bem perto do baú de madeira – o barco de Agwé – fabricado por Nélius.

Orvil terminou de traçar um *vèvè** aos pés do *poto-mitan*** e, sem nos avisar, se sentou numa cadeira perto do altar de Agwé. Érilien começou as preces católicas, despejando para os deuses água benta na terra, furtada debaixo do nariz do padre Bonin. Ele tocou o sino durante toda a *priyé deyò.****

O anjo do Senhor disse a Maria
Que ela conceberia um Jesus Cristo

Depois de Érilien, todos nós cantávamos as palavras Senhor, Maria, Espírito Santo, nos tons agudos e graves do francês, na sonoridade sagrada de uma liturgia cristã. Orvil não compreendia todas as palavras, nem nós. Mas isso pouco importava para um Deus tão distante e tão inacessível aos seres humanos. Afinal, Ele e seus santos fizeram com que acabássemos nessa terra, e nós apenas queríamos que Ele nos abrisse o caminho para a Guiné.****

Olmène não tirava os olhos do pai, sentindo dele, naquela noite, a vontade de enfrentar o mundo e, com a ajuda dos deuses, tocar seu destino com a ponta dos dedos. Orvil se virou e cruzou os olhos com os da filha, que o olhava. Ele a interpelou na mesma hora. Uma questão de exigir obediên-

---

* *Vèvè*: desenho que representa uma divindade.

** *Poto-mitan*: pilar central do terreiro vodu e por onde descem as divindades.

*** *Priyé deyò*: todas as rezas que antecedem a cerimônia religiosa propriamente dita.

**** Guiné: do francés, *Guinée*, é o mundo espiritual para onde os espíritos são levados após a morte. (N.E.)

cia. De estabelecer autoridade: "Cante melhor esses versos. Tem que saber cantar direito depois de tanto tempo." Olmène olhou para o outro lado da sala e seguiu com toda a força de seus pulmões.

Santa Filomena, virgem mártir
Tende piedade de nós

Érilien tocou a sineta mais forte como que para evocar os agudos e os graves mais nasais da língua crioula. À medida que os outros homens e mulheres se juntavam à melodia, a voz de Orvil se metamorfoseava lentamente. Ela ficava abafada por vezes, como se tirada do fundo da garganta por outros.

Três Pai Nossos, três Ave Marias
Creio em Deus
Napé lapriyè pou Sin yo
Napé lapriyè pou lwa yo
Rezamos pelos santos
Rezamos pelos *lwas*

Orvil pegou o *asson* e o sacudiu, fazendo o sino do sacristão se calar, e começou a fazer os sons guturais e anasalados da língua crioula. Ele cantou, e nós também, até que as vozes passassem da sombra para a luz, da carne para o espírito. Até que a própria noite se curvasse para dar passagem aos deuses africanos, que não tardaram em fazer suas aparições.

Anonsé zanj nan dlo
La dosou miwa, law'é, law'é
Anunciem que os anjos estão sob as águas
E sob o espelho, vocês verão, vocês verão

Orélien e Fleurinor, os filhos de Philogène, começaram a bater o tambor *assòtòr** sem parar. A música logo nos correu na pele, acordando cada tendão e cada músculo. Os cantos cada vez mais fortes, cada vez mais profundos, suplicando aos deuses. Que nos perdoassem. Que nos compreendessem. Que nos amassem. Que nos castigassem, até. Mas que estivessem ali presentes. Da garrafa que passava de boca em boca escorria um líquido amarronzado com aromas salgados de algas e sabor pungente de terra, o gosto da resistência das mulheres e do suor dos homens. Ele corria em nossas veias com tremores, suspiros, explosões, com mil fogos. Uma força despertava das profundezas dos nossos corpos para nos fazer atravessar, de alma e pés nus, a divisa dos Mistérios.

Quando nos sentiu maduros o suficiente para a viagem, Orvil pegou um cálice esmaltado e saudou as quatro direções que ordenam o mundo. A Leste, *À Mesa*; a Oeste, *Do Começo*; ao Norte, *Olande*; e ao Sul, *Adonai*. Ermancia, com uma vela na mão direita e uma garrafa na esquerda, também saudou quatro vezes, se ajoelhando. Depois Orvil pediu a Legba que abrisse todos os caminhos para os Invisíveis.

Onè la mézon é
Onè la mèzon é

---

* Tambor *assòtòr*: o maior dos tambores.

Papa Legba louvri baryè a antré
Honrar a casa
Honrar a casa
Papa Legba abre a barreira e entra

Com a chegada de Legba, que baixou em Ilménèse, nós sabíamos que as sombras haviam sido dominadas e que a noite havia se ajoelhado para nos acolher. Nos parecia que, em torno da clareira, centenas de tambores ressoavam. Fendiam o ar para abrir passagem aos nossos *lwas*, aos nossos Mistérios, aos nossos anjos, aos nossos santos. Nossos Invisíveis queimariam as portas, derrubariam as paredes, abririam as janelas e fariam tudo entrar com eles, o dia, a noite, todas as cores do arco-íris, a lua e o sol, os castigos e o perdão, a razão e a loucura.

Todos, um atrás do outro, respondiam ao nosso chamado. Loki veio para Léosthène de surpresa e soprou por sua boca. Forte. Cada vez mais forte. Com os olhos saltados, que rolavam da direita para a esquerda, Léosthène viu sua partida num veleiro levado por Loko Dewazé, Agazon Loko e Boloko. Todos os *nègres-vents** de Loko lhe vinham com brutalidade para estarem de acordo com a explosão de raiva que o habitava. Para aplacar a impaciência que se enrolava em seus olhos. Enquanto Loko o levava pelas águas, Léosthène quis beber a noite e se embriagar de estrelas. Ele percebeu de longe o sorriso de uma mulher e avançou, atraído pelo firmamento, empurrado por um sopro potente. Loko o possuía

---

* *Nègres-vents*: espíritos ou forças invisíveis associados ao vento, muitas vezes percebidos como errantes ou malévolos.

como quem possui uma alma perdida e a sela com firmeza para uma cavalgada nas grandes planícies do céu. Os tambores e os cantos esmagadores o empurravam cada vez mais forte e para mais longe. Ele via imagens loucas de países desconhecidos. Lá onde o sol bramia e ele, Léosthène, era o escolhido. Lá onde ele poderia dizer à vida que ele a amava.

Orvil cambaleou ao tentar resguardá-lo com os braços para acalmar a tempestade. Ermancia tinha vontade de confiar o filho taciturno e sério ao céu. Mas, naquela noite, Léosthène tinha a força de um gigante. Parecia ter o mundo nas mãos. Ainda cavalgado pelos *nègres-vents*, sentou-se numa cadeira de palha no meio do terreiro e pediu que o alimentassem. Muito bem. Comeu até ficar cheio. Nós também. Então, lentamente, Loko iluminou o olhar de Léosthène e liberou seu sangue do fogo que o queimava.

Olmène, que dormitava perto dali, não podia deixar de pensar que, em uma casa localizada no centro de uma grande *habitation* atrás do morro de Lavandou, um homem sentia fome de tê-la. Um homem por quem ela estava consumida de curiosidade. Consumida por um desejo que por vezes abria a terra e dali fazia sair labaredas.

Então, depois que Zaka e *Erzuli Dantò* tinham incorporado em Érilian e Ermancia, foi Olmène a pessoa tomada pela onda dos Espíritos que desde sempre dizem da loucura dos homens e da mordida das mulheres. Com os olhos semicerrados de uma cortesã, Erzuli Fréda Dahomey sussurrou pela boca de Olmène palavras de manjericão, as sílabas *ralé min nin vini*,* vogais perfumadas de Água Florida. Fréda sol-

---

* *Ralé min nin vini*: artifício mágico para atrair algo para si.

tava pequenos gritos meio abafados, estava bonita, e, em especial, se pôs a gemer como uma mulher que ama. Tão forte que, ao avançar com tanto balanço, com suas ancas orgulhosamente redondas, Olmène tropeçou numa grande bacia d'água na entrada do terreiro. Erzuli Fréda, a rainha, se ergueu sem se abalar, com o vestido colado à pele como uma alga. Orvil se aproximou dela, tocando o *asson* bem perto de seu rosto. Olmène agora via círculos coloridos e brilhantes saírem, um a um, de dentro da boca, dos olhos e das orelhas do pai. E em pé, atrás desse arco-íris que era Orvil, estava o homem da grande propriedade, o homem que apenas Olmène enxergava... O homem-sorte, o homem-prazer, o homem-poder.

Os tambores ressoavam ainda mais forte. Os minutos se estendiam infinitos, mas isso pouco importava, pois os sonhos que tínhamos precisavam de longas e pacientes travessias para justamente nos atravessar e nos habitar. As velas e os lampiões de óleo lançavam sombras irreais, bíblicas. Sombras de fábulas de florestas profundas. Sombras de fábulas de grandes savanas.

Quando Gédé incorporou em Nélius, ficamos meio surpresos. Porque não é do costume de Gédé aparecer do nada. Sem ser convidado. E lascivo, extravagante, descarado, rindo das nossas tristezas. Como que para nos lembrar de que entre nascer e morrer tudo passa rápido. Muito rápido. Os prazeres mais rápido do que as dores, mas tudo passa. E que nós tínhamos que aceitar todas as coisas, o gozo e o pavor, o sofrimento e o prazer. As alegrias e as dores. Tudo. Porque a vida e a morte se dão as mãos. Porque a morte e o gozo são irmãos. É o jeito de Gédé rir de Deus, do Grande Mestre. E de nós rirmos com ele.

Entregamos um bastão a Nélius, que, transfigurado em Gédé, ficou tão velho quanto a morte, caminhando com dificuldade e fazendo saltar os joelhos pontudos de um ancião, mas se descadeirando com o balanço dos quadris para lá e para cá. Movimentos secos, travessos, lascivos, sexuais e que diziam que Gédé também estava na flor da idade. *É yan é yan* cantava cada vez que balançava os quadris, a pequena multidão reunida. Gédé acompanhava os movimentos dos tambores que quebravam e quebravam de novo e abruptamente o ritmo. Gédé pediu *clairin,* sete pimentas-bode e três pimentas-malagueta embebidas em suco de laranja amarga, e desatou a contar piadas sujas atrás de piadas sujas, falando de paus duros como madeira de olmo e *foufounes** fogosas. Encorajado por nossas risadas, Gédé se soltou e continuou. Cada vez mais. Olmène lançou sobre ele um olhar como jamais visto. Sua curiosidade pelo homem da *habitation* parava de se inflar. Depois todos nós expulsamos Gédé com gestos exagerados. Só então o intruso foi embora assim como veio, deixando Nélius sem fôlego nenhum.

Orvil e os *hounsis* abriram a multidão, dando ordens, tocando o *asson* bem nas nossas caras. Não éramos mais homens e mulheres separados, dispersos, éramos um único corpo que girava e girava e girava mais ainda. Como se a escansão regular e inalterada do tambor *assòtò* tivesse nos dado um mesmo coração, e os outros tambores nos tives-

---

* *Foufoune*: gíria do francês caribenho para os genitais femininos, usada em tom popular ou humorístico. (N.T.)

sem fundido em um mesmo corpo. A emoção estava em seu ápice. Orvil girava cada vez mais rápido, e nós o seguíamos, embalávamos o mundo com ele. Envolvíamos o mundo com todas as nossas interrogações, todos os nossos sofrimentos e toda a nossa espera. E então, de tanto girar, parecia que nossos pés não tocavam mais o chão. Que a poeira que levantávamos era uma nuvem de luz. Que os deuses despertavam naquela luz e que nós nos banhávamos com eles.

Agwè e ou siyin lòd
Jou m angajé
Ma relé Agwé o
Agwé, você assinou um compromisso
Quando eu estiver encurralado
Eu lhe chamarei

Era a voz de Orvil que entoava um canto. E Agwé, o convidado de honra que todos esperávamos, não tardou a incorporar nele. Nós o vestimos com uma camisa branca e colocamos o lenço azul de Agwé. Pela boca de Orvil, Agwé falou a todos nós. Pela boca de Orvil, Agwé mandou os recados, consolando alguns, repreendendo outros por suas negligências. Negociou com outros que pouco esperavam por sua benevolência. E, contra todas as expectativas, Orvil, nosso capitão Agwé, chorou por muito tempo. E nós o deixamos chorar.

No fim da noite, demos os retoques finais na arca de madeira atrás do barracão. Havíamos a carregado até a borda com todas as provisões para a viagem de Agwé. Dez homens içaram aos ombros aquela barca como se fossem um, enquanto quatro outros homens levavam um bode pelas patas. Um estranho cortejo se formou, parecido com aqueles das rotas misteriosas da Guiné, com aqueles dos rios arenosos no Velho Testamento. A frágil embarcação se distanciou em silêncio à deriva, dançando sob o brilho luminoso da lua. E então, diante de nossos olhos, sumiu abruptamente, como se Agwé, nos surpreendendo, tivesse-a agarrado com uma mão forte e levado para o seu reino submerso, *nan zilé anba dlo*. Orvil ficou olhando por um tempo para o horizonte. Em seu rosto, todos nós vimos a máscara de Agwé. Poderosa. Austera. A máscara daquele que sabe muito, muito mesmo sobre partidas... E então a máscara se desfez lentamente ao nascer do dia. Muito lentamente.

A vida nos priva daquilo que damos cem vezes mais aos deuses. A vida te pega e mantém as mãos bem apertadas ao redor do teu pescoço e, quando ela pensa que vai te asfixiar, então você respira mais fundo, ainda mais fundo. Você se livra do aperto sem que ela sequer perceba, zombando dela, da vida. Uma risada magnífica. Uma alegria libertária. Uma alegria de criança selvagem.

Nós estávamos mais unidos do que nunca. Contra os perigos vindos dos que são mais fortes que nós. Contra as ameaças de todos aqueles que são como nós, os vencidos, que são tal qual a gente, mas não são filhos do *démembré*.

Pelos caminhos, nós deslizamos silenciosos como peregrinos ainda habitados pelo mistério de uma viagem sábia, alegre e longínqua. Nossos sonhos tinham sido levados para tão longe, por uma luz tão antiga, que cambaleávamos um pouco nas sombras rosadas e azuladas daquela aurora.

Encontramos o padre Bonin, que fazia seu passeio matinal. Por toda a noite ele havia rezado ao som dos nossos tambores, intercedendo junto a Deus para que renunciássemos a Satanás, suas pompas e obras. Quando ele passou por nós, foi tomado pela vontade de nos contar sobre o inferno e o paraíso, mas o padre Bonin não teve coragem. Não, ele não teve coragem. O único lugar para descansar nossos velhos ossos se chamava Guiné, e, depois da vida dura que levamos em terra, nenhuma divindade pensaria em nos enviar para outro lugar a fim de queimar os ossos. Por certo que nossos olhos disseram tudo isso e muito mais. Então, por alguns segundos, padre Bonin teve dificuldade em nos reconhecer, nós, as ovelhas de sua paróquia. Por causa de todo esse conjunto de divindades soltas em nossas veias. Por causa dos nossos olhos de grande fuga, luzindo como velas acesas naquela manhã.

14

À medida que Olmène florescia, o vento malicioso e turbulento dos rumores se espalhava por toda a Baía Azul. Se espalhou tanto que acabou por atravessar e soprar nas duas janelas da casa de Orvil e Ermancia, e por escancarar a única porta. E, numa tarde em que ela levava os bichos para o cercado, Orvil teve que encarar os fatos quando viu sua filha com as mãos na parte de trás dos quadris, fazendo caretas de dor: se ninguém aparecesse para contrariar o curso das coisas, Olmène logo seria mãe.

Foi então, sem surpresa alguma, que Orvil recebeu, numa manhã, a visita de Tertulien Mésidor. Uma manhã em que Olmène e Ermancia tinham ido ao mercado de Baudelet. Depois dos cumprimentos usuais – "Uma honra" – e da resposta conveniente de Orvil – "Respeito" –, Tertulien tirou seu chapéu e pousou-o sobre o peito, se curvando para a frente. Orvil se levantou com a impassibilidade fingida de um caçador à espreita e lhe mostrou a cadeira ao lado, aquela em que Ermancia ou Olmène se sentavam para descascar ervilhas, tirar a palha do arroz ou amassar *kasavs* uma vez cozidas. Depois Orvil foi até a cabaceira no fundo do *lakou*.

Tertulien Mésidor procurou palavras por muito tempo, esperando o melhor momento para dizê-las sem que elas o entregassem com os pés e as mãos amarrados para Orvil. Este continuava fechado em seu silêncio, com a certeza de que o primeiro que falasse relevaria sua fraqueza. Não pretendia que fosse ele. Não mesmo. Os segundos corriam lentos, pesados, se arrastando com prudência, até que Tertulien, tenso, deixou escapar uma voz que simulava sem convicção a garantia do conquistador: "Orvil, temos que conversar." Tertulien nunca se lembrou quando e como as palavras saíram de seus lábios. Forçando passagem.

Saboreando a primeira vitória sem expressão alguma no rosto que pudesse lhe trair, Orvil, como resposta, lhe ofereceu um café, pegou a garrafa de *trempé* que ele levou à boca, e pediu a Tertulien que o acompanhasse até o velho *mapou*,* apontando com o indicador a direção do céu. O sol estava a pino e logo tornaria impossível qualquer conversa. "Vamos para a sombra", Orvil disse. Uma maneira de aumentar a aposta. De deslizar tranquilo e sereno pelos segundos como se fossem um mar sereno. Ele já tinha visto muita coisa na sua vida de homem. Como tinha! O vento seco do infortúnio, a morte dos náufragos, uma inesquecível colheita de feijões vermelhos quando tinha vinte anos, a mão forte dos deuses, a usura dos jardins, os quadris tão macios das mulheres. E muitas, muitas outras coisas.

Perto do meio-dia, nós, na *habitation*, observávamos já de soslaio Orvil e Tertulien sentados debaixo do *mapou*, um com uma garrafa de *trempé* na mão, o outro com uma xícara de café. Dois homens escorados em uma árvore venerável, se abrigando do sol e domando o tempo. Palavras reais não foram trocadas. Aquelas da conversa secreta da qual eles tinham as chaves e o sentido. Outra conversa se sobrepôs. Então, como que para enterrá-la mais ainda e fazer grandes

---

* *Mapou*: árvore sagrada, de tronco largo e raízes profundas, cuja função é a mesma do baobá na África.

buracos no silêncio que os envolvia na sombra daquela árvore, Orvil e Tertulien falaram das dificuldades com o gado, o café que nunca se recuperou depois dos últimos furacões devastadores, a doença das aves e a terra tão empobrecida que começava a mostrar seus *zo genoux*.* Parecia que os problemas deles eram da mesma ordem e que eles habitavam o mesmo mundo.

No entanto, um deles, Tertulien, acreditava que, no curto prazo, tudo isso tinha importância e, no longo prazo, nada tinha, e acumulava bens e mais bens por meios – roubos, assassinatos e mentiras – que muito rapidamente seriam relegados ao esquecimento. O outro, Orvil, estava convencido de que, apesar do poder e do dinheiro dos Mésidor, os Invisíveis e os deuses os guardavam, ele e todos os que se parecem conosco, fora do alcance de Tertulien e dos seus.

Tertulien jogava com Orvil. Falava com ele como se fala com uma criança. Orvil fazia de conta que era criança e fingia submissão. Os dois estavam conscientes. Porque, apesar de seu riso jovial daquela manhã, Tertulien não era bom. Como nós, Orvil sabia que por trás daquele riso se dissimulava um homem que comprava a um preço baixo e revendia caro. Daquela vez, Orvil era obrigado a falar com ele como se fosse um homem que não tinha nada a oferecer em troca. Ao menos não imediatamente. E também não era o caso de que Orvil fosse bom. Era apenas um dos nossos, uma pessoa de Baía Azul, um vilarejo perdido entre rochas, sol, mar e chu-

---

* *Zo genoux*: em crioulo haitiano, "osso do joelho"; aqui, no sentido figurado, esgotamento. (N.T.)

va, e tomava Tertulien, um senhor de terras, por algo que valia seu peso em ouro, que valia sua filha de dezesseis anos.

Então, apesar dos mundos que os separavam, apesar das memórias que pesaram os primeiros minutos do encontro, um estranho negócio foi concluído. Olmène, senhora das fontes e das luas, e cujo sorriso abria o dia em dois como um sol, vinha para devolver a ordem ao universo.

No começo da tarde, Orvil e Tertulien beberam no gargalo da mesma garrafa de *trempé*. De pequenos goles. Estalando a língua, com os olhos semicerrados. Cada um por sua vez colocando a garrafa de volta no chão. Por vezes estendendo-a um para o outro.

Era setembro. Juntos eles assistiram ao cair do dia. Mais curto do que na véspera, naquela estação. Mais longo do que os dias vindouros.

15

Nenhum mutirão foi organizado para capinar o lote de terra ao lado da colina de Lavandou e pôr de pé uma casa sólida. A primeira de um descendente dos Lafleur. Ao invés disso, Tertulien convocou mão de obra que chegou de Baudelet, a quem Léosthène, Fénelon e até mesmo Nélius deram uma mão para construir dois cômodos adornados com um pórtico à frente. Trabalhadores, irmão, mãe, pai, todos nós fomos subjugados pela metamorfose de Olmène em alguma outra coisa que ainda era nós e que já não era mais. Olmène nos subjugava, e nós éramos fiéis, certos de que ela não esqueceria nenhum de nós. Ninguém.

Mas melhor que a casa, a qualidade da terra argilosa dos arredores, os três vestidos, a vaca e os móveis, foram os sapatos comprados em Porto Príncipe, que deixaram Olmène realizada. Ela tinha dito isso muitas vezes à Ermancia, à sua tia Ilménèse e às outras mulheres do *lakou*. "Mais bonitos que os da Sra. Yvenot?", perguntou Ermancia, duvidosa. Sapatos nunca a impressionavam de verdade. "Sim", respondeu Olmène. Ermancia se contentou em observar a filha, que transitava em outro mundo, se certificando de que seu olhar ainda as mantivessem próximas.

Antes de usar os sapatos pela primeira vez, Olmène lavou os pés com muita insistência. Tomou cuidado, para não passar vergonha, de não os usar na presença de Tertulien, continuava a ter os pés descalços para as tarefas cotidianas. Assim que Tertulien virava as costas, Olmène se levantava com cuidado e ousava dar alguns passos tímidos que colocavam seus pés à prova. Quando tirava os sapatos, era para esfregar vigorosamente os dedos, um após o outro, a sola e o peito dos dois pés, que até ali vinham crescendo sem nada que os impedisse e se alargavam à vontade. Com toda a fantasia. No fim do terceiro dia, ela arriscou ir até a trilha que descia para a estrada. Depois de ter evitado por muito pouco três quedas, Olmène tomou rapidamente o caminho de volta com os sapatos na mão, avançando como alguém que andava sobre brasas. Preparou uma bacia de água com folhas de mamoeiro e lentamente deixou os pés se acalmarem. Apesar do sofrimento, naquele dia decidiu que usaria sapatos toda vez que ouvisse o galope do cavalo cinzento de Tertulien chegando pelo caminho. Não queria mais ser uma mulher de pés descalços e estava pronta para provar isso a Tertulien, Dorcélien com seus ares de chefia, às mulheres de Roseaux e de Baudelet, à Sra. Yvenot e à Sra. Frétillon. E, por meio da dor, de bolhas e machucados, ela terminou por domar aqueles corpos estranhos que, ao barrarem uma liberdade de dezesseis anos, fizeram dela uma mulher que usava sapatos.

No caminho que levava à Baía Azul, ela encontrou uma vez o padre Bonin, acompanhado de Érilien, que muitas vezes fazia o ofício de tradutor. O padre Bonin olhou para os pés de Olmène antes de lembrá-la de que Deus não quer o pecado.

“Você é Olmène, a filha de Ermancia e Orvil?”

Olmène fez que sim com a cabeça.

"Quero te lembrar que a mulher não deve separar o que Deus uniu. E que os fiéis devem batizar seus filhos na igreja do Senhor. Que um pecado mortal é bem mais grave que um pecado perdoável."

Érilien traduziu aquelas palavras nas quais nem ele nem Olmène acreditavam. Olmène baixou os olhos e respondeu um "sim" submisso que vem rápido à boca quando queremos confundir os outros. Ela também observava os pés dele, depois sua barriga e disse a si mesma que, de todo modo, Deus, o Grande Mestre, tinha mais o que fazer do que se demorar nos pés largos de uma camponesa perdida entre Ti Pistache, Roseaux e Baudelet, que carregava em seu ventre o filho de um homem que Erzuli Fréda Dahomey tinha colocado em seu caminho. Que ela não tinha separado nada. E que Deus a amaria mesmo assim. Ela se foi, pedindo a Erzuli que não a abandonasse: "Erzuli, me proteja. Eu sou tua filha, *pitite ou*. E tu sabe."

Quando, algumas semanas mais tarde, Olmène cruzou com Pamphile e Horace, os dois filhos mais velhos de Tertulien. Eles a encararam longamente. Ela já caminhava com mais destreza, os pés calçados. Portanto, seu andar não explicava o motivo de a terem encarado por tanto tempo. Ela compreendeu pelo olhar que eles sabiam. Como ela mesma, Olmène sabia que Marie-Elda, a mãe deles, fingia ignorar as escapadelas e os gracejos do marido. Eles encararam Olmène com insistência, e ela manteve o olhar, como tinha feito com o padre no mercado de Ti Pistache. A trilha era estreita. Eles pararam para dar passagem a ela. Não trocaram qualquer palavra. Nenhuma. Mas disseram tudo.

Por certo que Olmène, bem como a mãe deles, não teria se conectado tanto a Tertulien Mésidor, se ele não tivesse domado tantas outras fêmeas. Uma vez que o nome imponente fazia dele um homem sempre pronto a abrir as calças, ele também tinha selado seu reino por quilômetros de colinas, por vales e planícies. Olmène era uma camponesa; Marie-Elda, uma dama de respeito. O que não impediu Olmène de receber a semente do marido fornicador e potente da respeitosa dama. Mas em nenhum momento Olmène tinha pensado em ocupar o lugar de Marie-Elda. Tal ato seria impensável, e o mundo se ajeita mal com o impensável. Todo mundo sabia disso. As outras mulheres também. Nesse sentido, todas estavam quites com a partilha desse mesmo homem, sob o qual todas elas tinham dado o mesmo grito de prazer, que borrava todas as fronteiras entre a dama respeitável e as camponesas.

Olmène nos confessou que tinha pensado nisso quando encarou Pamphile e Horace. Mas sabia que naquele momento era a mais forte, a mais nova e a mais jovem. E queria simplesmente gozar dessa vitória antes que outra, mais jovem e mais nova, por sua vez, viesse inevitavelmente substituí-la.

Sem nunca terem se falado, Olmène e os filhos de Tertulien tinham se dito todas essas coisas e ainda outras mais. E cada um seguiu seu rumo no mundo. Olmène não se virou para vê-los desaparecer no fim do caminho.

16

Os encantos que uma adolescente de dezesseis anos tinha nos matos, nas moitas e no capim alto haviam aumentado consideravelmente, durante alguns meses, o fogo de um homem que se aproximava em pânico dos seus sessenta anos. Às vezes, ele a pegava com carinho e firmeza. Outras, com fome e voracidade. Dependia. Às vezes, sem dizer nada. De quando em vez, insultando-a pelo prazer que ele não esperava. Ele a pegava como seu pai, Orvil, pegava Ermancia, sua mãe, no único cômodo da casa. De surpresa, quando ela estava dormitando. Mas, logo que Tertulien instalou definitivamente Olmène naquela casa, passou a tratá-la como propriedade. Todos os coitos aconteciam de acordo com uma ordem imutável. Querendo manter seu músculo rijo tanto quanto podia, sem que verdadeiramente se preocupasse com Olmène, Tertulien terminava sempre por se cansar e cair no sono. Se um longo grunhido indicava que alguma coisa tinha acontecido com ele, para Olmène eram minutos intermináveis, todos parecidos, sem tensão, sem começo, sem meio nem fim. Sem prazer que fazia sacudir seu *bon ange*, que lhe fizesse explodir a alma. Sem a lassidão de um corpo satisfeito, saciado. Então, nesses momentos, inevitavelmente, os pensamentos de Olmène vagavam para outras preocupações mais mundanas: os legumes de sol que ela cultivava com a ajuda de seus irmãos, as duas cabras, o porco e as galinhas, que, além da vaca, ela mantinha em um belo cercado atrás da casa, o forno de pão que ela mandou construir, e então o comércio que ela teria entre São Domingo e os vilarejos daqui, como a Sra. Yvenot. Tertulien parava de cansado e os dois ficavam lá, imóveis, em silêncio.

Muito rápido, Olmène passou a não sentir mais qualquer volúpia, mas se contentou em aprender a deixar seu corpo exultar a doçura das coisas e o sopro apaixonado, um tanto já cansado de um homem maduro. O que não a impedia de lhe preparar comidas que ele adorava, um *tchaka,*[*] painço ou peixe seco; de lhe massagear os pés em uma bacia de água quando ele reclamava; e de, inclinando-se sobre sua cabeça, tirar-lhe uns cabelos brancos enquanto ele se entregava a uma doce sonolência.

Tertulien tinha os braços robustos, o peitoral de um homem que sempre tivera mais do que o necessário para viver bem, o olhar e o passo de um poderoso. Olmène tinha o porte, o olhar e o passo de uma jovem submissa a um homem poderoso. Todos que a conheciam estavam convencidos disso, sem imaginar jamais que, entre as quatro paredes da nova casa, ela tinha transformado essa certeza em uma dúvida que secretamente assolava Tertulien. Depois de cada encontro amoroso, ele ficava cada vez mais com a obscura sensação de que sua virilidade estava sendo questionada. E Ermancia vigilantemente garantiu que Olmène renovasse suas oferendas a Erzuli para que Tertulien nunca conhecesse a paz de espírito. Nunca.

---

* *Tchaka*: comida muito calórica preparada com painço, feijão e outros legumes.

O pequeno Dieudonné, fruto do seu ventre, nasceu cinco meses depois que Olmène se instalara na nova moradia. Ela deu à luz com a ajuda de sua mãe e de Ilménèse, que foi responsável por afugentar todos os maus espíritos errantes que poderiam estar vagando ao redor da casa e pelo telhado para devorar o recém-nascido. Olmène segurou firme uma cadeira presa na cama por Ilménèse, parteira, *fanm saj*, e berrou: "Tertulien, eu te odeio. Nunca mais deixo você me tocar." Ela gritava muitas vezes entre dolorosas contrações que raspavam o fundo do ventre como uma faca.

Quando a criança apareceu entre suas coxas, a chamou de Dieudonné, *dado por Deus*. Porque adorava a ideia de que esse filho fosse um presente de Deus, que tudo sabia, tudo via, tudo ouvia, tudo dava. Dieudonné seria um *roi*. O *roi* dela. Convocado a ser a estrela cadente de um *lakou*. "Dieudonné nos salvará a todos. Ele irá para a escola e, por que não, será agrimensor, médico ou quem sabe presidente. Sim, presidente, e para nós, em Baía Azul, ele vai desfazer os infortúnios."

Ilménèse lhe esfregou o ventre com uma mistura de folhas de mamoeiro, de abacateiro e de pitombeira. E, por um mês, Olmène e seu recém-nascido não saíram de casa. Olmène se recuperava, embriagada de banhos de cheiro para ficar firme e feminina, reescutava os conselhos das casamenteiras e todas as receitas das mulheres prontas para cortejar e serem cortejadas. Quanto a Dieudonné, ele sugava do seio de sua mãe, sob carícias, as primeiras forças daqui e de lá, aquelas visíveis e aquelas invisíveis, para se engajar na grande ocupação de viver, de acreditar e de querer, em um lugar em que tudo é desafio e vitória.

Quatro meses depois do nascimento de Dieudonné, Tertulien mandou matar duas cabras e dois porcos para uma festa, da qual ainda nos lembramos aqui em Baía Azul. Todos os galhos da árvore dos Lafleur estavam lá. As mulheres usavam vestidos *carabella** tirados de debaixo de suas camas, apenas para ocasiões especiais; os homens, sua casula. As crianças riam e corriam na floresta de pernas dos adultos. Ermancia, Ilménèse, Cilianise e Olmène terminavam os últimos preparativos para a refeição. Os cheiros nos chegavam dourados e alegres. Orvil se sentou afastado por um instante, silencioso, olhando todos que ele amava reunidos ali. Todos os galhos da grande árvore dos Lafleur. Ao longe, o mar estava bonito e calmo. Uma brisa leve vinda das montanhas agitava as árvores. Orvil fechou os olhos e respirou contentamento. Como alguém que quer capturar um presente raro.

Foi a única vez que nós comemos e sobrou comida. Era a prova irrefutável de que a festa fora grandiosa. Tínhamos saciado o nosso grande apetite. Tertulien Mésidor não tinha poupado em nada: o *tchaka*, morcela de cabra, cabra assada, o *griot* de porco, o arroz de espinafre, galinhas ao molho crioulo, bananas fritas, os caranguejos, o arroz com *djon-djon*.**

---

* *Carabella*: traje feminino típico, usualmente longo, rodado e com cores vivas.

** *Djon-djon*: cogumelo preto que colore o arroz ou as carnes e lhes confere um gosto particular.

Comemos como se fosse nossa última refeição. Como se a fome estivesse nos amarrando e ameaçando nos pegar. De repente. Como se toda a comida do mundo fosse desaparecer para sempre. Como se a morte já nos estendesse a mão. Comemos com avidez. Até ficarmos cheios. Comemos com um prazer misturado ao pânico e ao pavor de faltar para sempre. Nosso prazer se multiplicava. Os homens já abriam os primeiros botões da casula e as mulheres afrouxavam os cintos. Comemos até ficar embriagados, um *désounin*.

Com vestidos e casulas manchadas de molho e com mãos besuntadas, durante toda a tarde parceiros e parceiras de dança se entregaram à quadrilha e ao minueto como no tempo em que nossos antepassados imitavam, no fundo de suas casas, a corte dos reis da França. Músicos vindos do outro lado de Lavandou, a pedido de Tertulien, nos fizeram danças ao som do tambor, da flauta e do tamborim: "*Kwazé le pas*."*

O infortúnio viria logo quebrar nossas vidas, mas não sabíamos disso ainda. Ainda não sabíamos que seria a última vez que os descendentes dos Lafleur estariam todos juntos. Todos. Nós nem suspeitávamos que os acontecimentos, de um modo cada vez mais imprevisto, selariam e consagrariam as separações, as partidas e as mortes das quais jamais nos recuperaríamos. Jamais.

Fomos embora ao cair da noite, com a doçura de um contentamento sem limites. Tertulien Mésidor olhava a multidão se afastar com seus últimos risos, alguns homens cambaleavam na penumbra, e as mulheres iam tranquilas em

---

* *Kwazé le pas*: em crioulo haitiano, "cruzar os passos", comando dado durante a dança para que os pares troquem de posição. (N.T.)

seu passo cadenciado. Ele se virou e apreciou por um longo tempo a bunda meio derretida de Olmène, seus olhos, que o tinham atingido no mercado de Ti Pistache, seu silêncio insondável em que ele amava se perder. E Tertulien disse a si mesmo que era um homem poderoso, que tinha muita sorte.

17

Em setembro do ano de 1963, o infortúnio viria deixar cicatrizes profundas na vida de milhares de homens e mulheres. Silhuetas furtivas passavam coladas às paredes na noite de Porto Príncipe, para evitar os faróis dos DKW.* Com seus capacetes, seus fuzis, as sombras azuis dos milicianos avançavam nos DKW, vasculhando as entranhas da cidade. Marchavam na escuridão formando uma horda do ódio, perseguindo as sombras febris e trêmulas que se metiam entre as árvores e se lançavam por corredores escuros, tentando se confundir com portas, paliçadas e janelas. Foi a cadência de seus próprios corações e o sopro de suas próprias vozes que mantiveram em pé essas frágeis silhuetas, por isso avançaram, cegas e apavoradas. E todos os sussurros, as respirações, os gritos, os pneus cantando acordaram os espíritos cruéis da noite. Então, as sombras trêmulas cuidavam dos passos sobre o asfalto, o sangue congelado de pavor em suas veias, até o momento em que eram fuzilados pelos faróis das DKW, como num prelúdio para a segunda morte, a verdadeira. Até que um grito, uma lâmina longa e afiada, retalhasse a noite.

Em setembro de 1963, o homem de chapéu preto e óculos de lentes grossas cobriu a cidade com um grande véu escuro. Porto Príncipe, cego, caiu de joelhos, nem viu seu

---

* DKW: automóveis da marca alemã que eram utilizados pelas forças de repressão no Haiti durante os anos 1960, tornando-se símbolo do medo e da perseguição política. (N.E.)

infortúnio e baixou a cabeça em meio aos berros dos cães raivosos. A morte sangrava nas portas e os estilhaços do metal das balas deixava os olhos arregalados nos muros. Esses acontecimentos nunca ganharam as manchetes dos jornais.

Em Baía Azul, só soubemos depois. Pelas bocas prudentes e medrosas dos raros viajantes que vinham da cidade grande. Não vimos as sombras nos encurralar. Estávamos longe. Longe demais. No entanto, nossa vida não tardaria a fenecer, o chão não tardaria a rachar sob nossos pés, e os vestidos claros das mulheres não tardariam a escurecer com a tinta do luto. Só vimos muito tarde que a morte vinha em nossa direção como um sol terrível.

No começo do mês de setembro de 1962, Dorcélien passava de vilarejo em vilarejo para anunciar que caminhões viriam buscar homens e levá-los a Porto Príncipe para reuniões em homenagem ao homem de chapéu preto e óculos de lentes grossas. Ele repetia isso sempre com a voz solene de uma autoridade local e com a exaltação fervorosa de um vidente. A confusão era ainda maior para nós todos, e a vertigem dos homens jovens como Léosthène era mais profunda.

Dorcélien chegou num meio-dia à Baía Azul. Depois dos cumprimentos usuais, se gabou longamente de uma viagem que enfim afastaria a mão do mal. “Porto Príncipe tem muito poder”, pensou Léosthène, que, intrigado, se aproximou de Dorcélien. Imagens já se formavam por trás de suas pálpebras. Dorcélien viu que a presa estava prestes a cair na armadilha e seguiu: “E quem sabe, com sorte, algumas pessoas aqui não estarão logo usando o uniforme azul? Quem sabe?”

Pronunciou as palavras lentamente, enfatizando as consoantes e alongando as vogais, fazendo-as ressoar como se fossem o nome de um *lwa* poderoso e benéfico. Nos olhos de Léosthène se acenderam fogos que diziam tudo. Que a vida que tinha se arrastado por longos anos agora vinha bater à porta. Que ele abriria bem a porta para deixá-la entrar logo e levá-lo em suas asas. Que ninguém o impediria. Ninguém. Os olhos de Orvil, ao contrário, diziam que Porto Príncipe era muito longe e que não se podia ignorar o passado sem consequências ou arrependimentos. A terra. O sangue. Para cavar sua própria lei. Em outro lugar. Não, não se podia fazer isso! Dorcélien, sentindo que Léosthène estava decidido e conquistado pela causa, não hesitou em lhe dizer mais: "Léosthène, eu te espero amanhã em Baudelet, em frente à loja dos Frétillon." E de comentar, evitando o olhar de Orvil: "Espero homens corajosos como tu. Os verdadeiros. Aqueles que não têm medo." Para bater o martelo e cavar ainda mais distância entre o pai e o filho, ele concluiu: "Homens que não usam calças apenas pela beleza do tecido."

À tarde, Léosthène foi à casa de Olmène.

"Minha irmã, há o que fazer em Porto Príncipe."

"Por que Porto Príncipe e não São Domingo, onde tu pode cortar cana, ou até Nassau, ou as Ilhas Turcas e Caicos, como Fleurinor, e voltar com muito dinheiro no bolso?", retorquiu Olmène, que não compreendia aquela pressa repentina de Léosthène.

São Domingo, de que ela tanto havia lhe falado e que, às vezes, fazia brilharem seus olhos. Mas a espera tinha roído a paciência de Léosthène até os ossos. E, assim como não tinha encontrado palavras para dizer da impaciência, as da partida se embaralharam em sua boca. Abraçou Olmène e foi anunciar sua decisão ao pai.

Léosthène despertou à noite, determinado então a pôr um fim à sua luta contra a terra, contra as águas e contra o sol. Beijou Orvil, Ermancia e Fénelon, e partiu. Nada teria parado sua obstinação. Nada. Orvil respirou o hálito fresco da noite e demorou para ir fechar a porta que seu filho tinha aberto para o silêncio das sombras.

Em frente à loja dos Frétillon, Léosthène se deixou levar até a caçamba de um caminhão com outros homens como se fossem gado. Empilhados. Apertados um contra os outros. Colados, lado a lado. Nariz com nariz. Só faltavam os gritos dos porcos, dos asnos ou dos bois. Mas nada podia parar Léosthène. Nada. Nem o ar quente. Nem o cheiro de suor que quase o sufocava. Nem as pedras e a poeira por cima dos quais o caminhão seguia com grande dificuldade. Nem as encostas perigosas do morro do Lavandou, que poderia a qualquer momento os mandar ao precipício da eternidade e que já tinha mandado alguns *ad patres*.

Foi então em uma tarde do mês de setembro de 1962 que Léosthène Dorival, filho de Orvil e de Ermancia, se foi para a grande boca devoradora de Porto Príncipe. Será que nunca mais o veríamos? Esperávamos e não esperávamos. Nos perguntávamos todos os dias, semana após semana, e então, um dia, perdemos toda a coragem de querer ver o futuro. Só ele sabia e partiu sem nos contar seu segredo. Aquele que faz com que alguns partam e que outros fiquem. Ligados uns aos outros. Para o melhor e para o pior. Até o fim. Até que soem as trombetas do Juízo Final...

Baía Azul, Pointe Sable, Ti Pistache e todas as aldeias, burgos e vilarejos dos arredores foram despojados de alguns de seus homens mais corajosos. Entre os que restaram, alguns se fecharam em silêncio, trabalhando uma terra que se recusava a frutificar, afugentando as lembranças dos caminhões. Aqueles que não calaram foram contagiados pela febre azul das milícias e falavam alto e forte. Na nossa casa, no nosso *lakou,* havia, como em todos os outros lugares, os silenciosos e os falastrões.

O padre Bonin, percebendo o nosso abalo, se esforçou para nos lembrar a natureza dos pecados e a diferença entre eles, os perdoáveis como as pequenas mentiras, os capitais – menos a gula, que ele tirava da lista porque mal comíamos o suficiente. Para os pecados mortais, ele insistia sobre o horror do *plaçage*:* "Um homem e uma mulher devem estar unidos perante Deus." Então, ele passou de casa em casa para falar do sangue de Jesus sacrificado na Cruz, do batismo das crianças de Deus e da coragem de encarar as provações, onde quer que surjam, como fez Cristo. Ele batizou a torto e a direito, uniu à força em sua igreja dois ou três casais que aceitaram "abençoar o pecado" e, em sua escola, ensinou algumas crianças de Baía Azul a ler, sob um teto quente ao lado da paróquia.

---

* *Plaçage*: tipo de relação conjugal mais comum, não matrimonial, e que é numa forma de concubinato.

18

Nem o desconhecido que se distanciava, nem aqueles que logo ele agruparia, homens, mulheres, velhos e crianças, não podiam mais fazer grande coisa contra mim. Só que, apesar de tudo, eu não podia me impedir de desconfiar de todos esses estrangeiros que não paravam de surgir para me examinar por todos os lados.

Depois de três dias inteiros fazendo os bichos se revirarem, os galhos das árvores voarem, depois de ter assoprado fora os tetos, o nordé, *vento do Norte, perdeu a violência.*

Ouço o barulho do mar às minhas costas. À direita, um rumor repentino que mal se nota se mistura às cores incertas. Um rumor amolecido de cheiros e dos primeiros pedidos dos seres humanos.

Volto de uma longa noite.

Por causa da água, do sal e do iodo, meu corpo parece o de um animal marinho, e eis que, com minha leveza, segui a crista das ondas que se estendiam antes de recuarem para longe, até a opacidade mais profunda das águas. E a massa enorme fermentou e grunhiu, subindo novamente com espumas montanhosas para quebrar nas rochas.

Nas primeiras horas da manhã, outros homens, agasalhados em suas roupas, saíram de casa apesar do vento e das águas e gritaram meu nome com todas as forças. Todos fora de casa. Arrancados de suas camas. Largados na natureza.

Foram as últimas vozes que ouvi, antes da voz do desconhecido e dos dois homens vindos das casinhas mais próxi-

mas da costa. Muito rapidamente encontraram o desconhecido no meio do caminho. Então se aproximam. Depois desses três dias de furacão, parecem todos Lázaros recém-saídos de seus túmulos, mas sem nenhum Jesus, como na bíblia do pastor Fortuné, que explicava qualquer coisa. Tão perdidos quanto estávamos na primeira noite, quando o avião sobrevoou Baía Azul. Quanta confusão nessas últimas semanas. Quanta confusão!

Penso em Cocotte e Yvelyne. Bastou um olhar sobre mim para que nada mais fosse igual. Jimmy, me mostra uma música nova...

No caminho, Yvelyne, Cocotte e eu passamos por Jimmy, o único estrangeiro nos cinco vilarejos e aldeias das redondezas. O único. Nem tão estrangeiro assim, de todo modo. Fazia algumas semanas que tinha chegado. Para retomar seus direitos e posses de terra. As terras dos Mésidor. E eu o segui de perto. Bichinho na grama selvagem. Sigo no seu encalço.

No seu 4 × 4 tinindo de novo, a voz de Wyclef Jean a plenos pulmões chamava 911 – "Someone please call 911" –, *e Mary J. Blidge respondia:* "This is the kind of love my mother used to warn me about." *O som do carro estourando os tímpanos. E Cocotte, Yvelyne e eu não ficávamos passadas. Seguimos no ritmo, com formigas nas nossas pernas, um frescor pelo corpo. Nada a ver com os Invisíveis, nem com a orquestra de Roseaux. Reles. Nula. Dois violões, três tambores, um teclado. E era isso. Um cantor com a voz fraca, um pomo de Adão proeminente, e míope como ninguém deveria ser. Sem aquele gosto do desconhecido. Sem o gosto da cidade grande. Sem ameaça e sem perigo no grande galope da vida.*

Mais um pouco e nós teríamos dançado na estrada pedregosa como se estivéssemos em uma discoteca de verdade. Como na Blue Moon, em Baudelet, aonde Cocotte, Yvelyne e eu sonhávamos que alguém nos levasse um dia. Um dia... Então, nós apenas ríamos baixinho e acelerávamos o passo. Curiosa que eu era, fui a única e me virar.

Jimmy baixou o vidro e mostrou um rosto que não era nem bonito nem bom. E eu, nem bonita nem boa, quis acender como uma tocha. Para ver... Só para ver.

Eu o chamei de "senhor", e ele gostou daquilo, mas no fundo eu queria gritar para ele: "Oh, Jimmy, meu amor! Estou fingindo que nem te olho, há semanas só tenho olhos para ti."

Começamos a conhecer bem Baudelet. Passávamos a semana na casa de primos. A escola grande ficava a algumas casas da Blue Moon. Não tinha mais jeito de Cocotte, Yvelyne e eu a evitar. E então, ao sair da escola, trocávamos nossos sapatos fechados de meninas de escola por sandálias coquetes. E, naquela mesma manhã, duas de nós deixaríamos o campo aberto para quem Jimmy olhasse primeiro. Eu jurava que seria eu. Eu já tinha falado com ele em silêncio tantas vezes. Mais claramente do que se tivesse gritado com todas as minhas forças. Ele queria nos deixar marinar em nosso próprio caldo. Eu mais do que as outras. Nesse caso, Jimmy tinha um papel muito bom. Ele sabia disso. Vindo da cidade. Tendo como única atividade mesurar o campo, por razões que nós ignorávamos. E, nas horas vagas, ficar se fazendo de bonito por aí.

Então passamos na frente da Blue Moon, com o coração nos nossos passos. E aí, sem que esperássemos, ele estica a perna fingindo que ia nos derrubar e ri. Riso de um homem bêbado que está procurando o caminho de uma noite canalha. Apertamos o passo. Mas ele me pega pelo braço e fala no meu ouvido: "Se me procurar, vai me encontrar", Jimmy sussurrou quase tocando a orelha.

Eu não disse nada. Não pronunciei uma só palavra, mas Jimmy se acendeu nos meus pensamentos como se tivesse bebido do meu copo: "Vem, meu amor. Vem, meu amor. Minha boca está salivando por ti."

Jimmy me pegou pelo braço e me levou para o andar de cima da Blue Moon. Não sei o que dizer sobre o lugar, exceto que a luz fraquinha me lembrava a lua. Uma lua em pleno dia, eu disse a mim mesma.

Jimmy se apoderou de mim sob o efeito do álcool. No chão. No chão apenas. Ele abriu as calças e pude ver um pênis já ereto e ameaçador. Tirou as calças se contorcendo. E, sem a menor consideração, fazendo pouco caso de me machucar, abriu minhas pernas e me penetrou numa dilaceração atroz. Pensei que minha vagina fosse explodir. Quando dei meu primeiro grito debaixo dele, ele apenas disse palavras que eu gostaria que fossem tranquilizadoras, mas não o eram: "Você vai acabar gostando."

Cocotte e Yvelyne me esperaram por meia hora não muito longe da Blue Moon. Yvelyne achou bom me lembrar de que eu olhava demais os rapazes nos olhos. Que isso gerava neles pensamentos estranhos. Cocotte me disse mais tarde que foi por causa da cor das sandálias. Vermelhas. Que não era uma cor que a gente deveria usar para ir trabalhar ou durante o dia. Eu disse a ela que era exatamente a cor do meu humor, vermelho-paixão, vermelho-hibisco. As duas me disseram que eu me arrependeria. De imediato, pensei que estivessem com ciúmes. E fiquei em silêncio como uma rainha.

Quisera eu retornar a este corpo de outrora, minha prisão atravessada por cânticos, pela fome, pelo sol de Baía Azul, pela minha infância que ainda dorme ali.

Mãe, mãe, onde você está? Altagrâce... Tia Cilianise.

19

Normil Exilien, para quem Tertulien vendia café, madeira boa e terras tomadas à força dos habitantes de cinco vilarejos sobre os quais ele reinava, tinha se tornado um homem poderoso. Antes de isso acontecer, Tertulien considerava Normil um amigo. No entanto, assim que o visitou logo após Dorcélien ter enviado seu primeiro comboio a Porto Príncipe, Normil Exilien cumprimentou Tertulien sem o calor e a conivência de outrora. Pior, parecia que de repente o tom de Normil era o de um superior a um subalterno. Não, ele não estava enganado... Tertulien se arrependia novamente de ter baixado a guarda para o homem de chapéu preto e óculos de lentes grossas. Nas eleições, hesitou por um momento entre ele e seu rival desafortunado, um agrônomo, um burguês, negro bem mestiço. "Mas o que foi que deu em mim, caramba, o que foi que deu em mim?", Tertulien perguntou a si mesmo. Não era como se confiasse muito no candidato, só tinha apostado todas as fichas no último, e hoje pagava caro pelo erro de julgamento. O homem de chapéu preto e óculos de lentes grossas certamente soube, porque todo mundo sabe de tudo nesta ilha. E o chefe supremo quer assim. Disso Tertulien tinha certeza. Ele guardava um rancor tenaz por Tertulien, por ter preferido aquele mulato almofadinha a ele, o medicozinho do campo que queria representar o povo preto.

Dorcélien apareceu enquanto esses pensamentos passavam pela cabeça de Tertulien. Bem quando ele imaginava como virar a sorte a seu favor. Quando Normil pediu a ele que esperasse um pouco e recebeu Dorcélien antes, todos as apreensões se confirmaram. Sentiu o pulso acelerar. Transpirava mais do que o normal. "Em que situação me meti." Precisava, a qualquer custo, encontrar um meio de reclamar sua ligação indefectível com o homem de chapéu preto e óculos de lentes grossas. Encontrar a maneira que fosse de demonstrar submissão. Ele se sentou e começou a ruminar pensamentos do homem consciente de que, em terras haitianas, era preciso saber virar a casaca. Rápido. Bem rápido. Exercitou mentalmente suas próximas acrobacias.

Tertulien assim esperou uma boa meia-hora. Pensou em bater à porta da sala de Normil ou até em ir embora. Mas mudou de ideia, dizendo a si mesmo que somente um poder recém-adquirido por Dorcélien poderia mover Normil a tal afronta. Ele não tinha escolha. Era aquele homem, Normil Exilien, que tinha trânsito no Palácio Nacional, e não ele, Tertulien Mésidor. Era aquele homem que o tinha pego desprevenido e que agora sussurrava coisas no ouvido do homem de chapéu preto e óculos de lentes grossas. Aquele homem, que Tertulien chamava de bom grado de amigo até aquela manhã, não passava de um cúmplice de alguns eventuais crimes do passado e também de outros mais frequentes com o desenrolar do tempo. A ocasião para esquecer Tertulien Mésidor e as memórias de seus roubos, fraudes e risos sujos tinha acabado de se apresentar a Normil Exilien. E ele não hesitou em aproveitá-la, como teria feito Tertulien em seu lugar. Tertulien, que sempre acreditou que era um homem poderoso, já não era mais. Se pegou murmurando para si mesmo: "O homem de chapéu preto e óculos de lentes grossas está deixando a terra dessa ilha mais lisa que já era. Vamos todos quebrar os ossos, os dentes, a coluna vertebral e a alma, enquanto existir uma."

Quando Dorcélien saiu da sala de Normil, Tertulien não soube muito bem como cumprimentá-lo. Será que ele devia algum tipo de deferência a Dorcélien ou tinha que manter sua superioridade de antigamente? Entre as duas opções, escolheu a prudência de praxe. O homem de chapéu preto e óculos de lentes grossas tinha atropelado todas as hierarquias. Tertulien demonstrou um verdadeiro desconforto. Normil e Dorcélien folgaram com a ideia dessa dança das cadeiras. E queriam mais. E mais.

Duas semanas depois, Dorcélien margeava o caminho diante da casa de Olmène, arrastando com uma corda um camponês amarrado. Descalço. Com o rosto inchado. Fénelon, a quem Olmène tinha pedido que viesse ajudá-la no plantio de novas vegetações para cercar a casa, parou na hora. Tertulien se apressou para pegar a sua arma e pendurá-la ostensivamente no cinto. Olmène agarrou Dieudonné e o abraçou bem forte contra si. Dorcélien olhou para Fénelon, Olmène e de novo para Fénelon, depois se inclinou para Tertulien e lhe disse baixo algumas palavras, acompanhadas de gestos nervosos e rápidos de um conspirador. Tertulien pediu então que Olmène entrasse e que Fénelon fosse para Baía Azul.

De dentro da casa, Olmène ouviu o barulho de uma picareta revolvendo a terra. Isso foi porque os golpes reviraram seu ventre, mas ela jurou por tudo que era mais sagrado, por Dieudonné, que a terra estava gemendo. E Olmène ouviu seus gemidos. Ela cantou baixinho uma canção de ninar ao filho:

Ti zwézo koté ou pralé?
Mwen pralé kay fiyèt Lalo
Passarinho, aonde vai?
Eu vou pra casa da senhorita Lalo

Olmène fez isso para não ouvir mais aqueles gemidos e para conseguir tomar um pouco de ar, que lhe pareceu de repente se rarefazer dentro da casa. Mas questões e suposições a assaltavam sem parar. Não estavam preparando a terra para plantar. Nada disso. Cavavam há muito tempo. Não, não era para plantar. Talvez estivessem cavando um buraco? Era só um buraco. Mas, pela quantidade e pelo vigor dos golpes de picareta, devia ser um buraco bem grande. E para quê? Enquanto o assistente de Dorcélien cavava cada vez mais fundo, os pensamentos se embaralhavam na cabeça de Olmène. Agora ela dizia a si mesma que o buraco era decididamente grande o suficiente para conter algo que ela não podia, não queria ainda nomear. “Tende piedade! Tende piedade”, Olmène cantou ainda mais bonito.

Cantava para não ouvir mais o som da picareta. Ainda se recusava a fazer a ligação entre o homem que acabava de ver passar e o buraco. Quando o assistente parou de cavar, ela parou de cantar, segurou a respiração e colocou a mão direita sobre a boca para não gritar e assim assustar Dieudonné.

Para não chamar ainda mais a atenção de Dorcélien nem desagradar Tertulien. Abraçou Dieudonné ainda mais forte, para que o ar maléfico que varria a colina não o atingisse.

O camponês foi enterrado em algum lugar no sopé da encosta, não muito longe de uma árvore de fruta-pão. Tiveram que amordaçá-lo para que não gritasse como um animal grita diante da morte. O assistente de Dorcélien misturou o sangue na terra. Assim que a tarefa foi cumprida, Tertulien, Dorcélien e seu assistente limparam as mãos com plantas arrancadas no caminho. Dorcélien e o assistente desapareceram por trás da casa, subindo pelo outro lado do barranco.

Tertulien abriu a porta alguns minutos depois e pediu a Olmène água para lavar as mãos. Apesar da dificuldade de respirar, apesar de seu pavor e estupor, Olmène não deixou que nada transparecesse. Ela olhava fixamente para a cor da água, hipnotizada. Não serviu a Tertulien sua xícara de café. Não ouviu que ele voltaria em três dias. Não o viu partir. Seus olhos precediam seu julgamento, já cegos para aquele homem.

Olmène já estava longe. Muito longe. Em seu interior e além. Por muito tempo a água teve um gosto salgado de sangue. A imagem do homem, uma mordaça na boca, as mãos amarradas, os olhos esbugalhados de pavor, a atormentaria por muitas noites. E as nossas noites também, logo que Olmène nos contasse sobre essa tarde maldita.

Quando, três dias depois, Tertulien voltou, Olmène se abriu para ele com um misto de resignação, medo e nojo, convencida de que nem o cheiro de Tertulien era mais o mesmo.

Que ele fedia a podridão e enxofre. Sim, enxofre. E depois que ele saiu de dentro dela, ela acreditou ter fornicado com o próprio diabo. Naquele instante preciso, Olmène tomou a decisão de ir embora. Não importava para onde, contanto que partisse. Ela pensou bastante em Léosthène. Nós a sentíamos se afastar mais de si mesma a cada dia e sabíamos que ela acabaria por nos deixar também. Um dia, seria seu corpo que nos abandonaria. Bastava observá-la ou se aproximar dela, podíamos ouvir as palavras que ela repetia para si: "Vou acabar colocando um pé depois o outro. No fim, farei isso. Salva. Eu vou me salvar e estarei salva."

Tertulien sentiu que não tinha mais tanto domínio sobre Olmène, apesar das conquistas que fazia com os azuis, apesar do dinheiro que acumulava. Ele se questionava, pois queria tudo aquilo, o dinheiro, as honrarias e Olmène. Começou a repreendê-la por sua demora no mercado, suas visitas muito longas a Ermancia e Orvil, suas comidas sem gosto, bem como seu corpo, que não respondia mais. Então, um dia, ele bateu nela. Depois de novo no outro dia. Mas sempre voltava sem dizer nada, como um bicho pego desprevenido. Desajeitado nos gestos e nas palavras, que pareciam sempre ditas muito alto. Se perguntando como transporia o muro que Olmène ergueu. Sem se conter, numa tarde, ele a pegou à força, agora seus punhos contra o colchão, e a cada estocada perguntava se era assim que as jovens inexperientes gostavam. Olmène, com as coxas machucadas, não respondeu. Não respondeu em nenhuma das outras vezes. Não contou a ninguém. Mesmo quando, uma manhã, Fénelon veio ajudá-la com a semeadura e, vendo sua pálpebra inchada, perguntou se ela havia caído e se machucado. Dentro de sua cabeça, ela já estava em viagem. Léosthène não queria que o infortúnio o fizesse dobrar os joelhos. Olmène não queria que um homem a desgastasse até o último fiapo.

Na véspera de sua partida, ela passou a noite na casa de Ermancia e Orvil, e pediu a Fénelon que ficasse de vigília. Ermancia lembrou-a de todas as lições da vida, sobre homens, mulheres, sobre a terra e sobre os deuses. Orvil fez com ela uma volta no *démembré*, e Olmène acendeu uma vela debaixo de cada uma das árvores onde repousavam os deuses da família, se demorando diante daquela onde estava enterrado seu cordão umbilical. Nós a seguimos em silêncio, com lágrimas nos olhos e raiva no fundo da garganta. Fénelon, ao contrário de nós, não chorou. Ele pegou a própria raiva para fazer outra coisa que não a resignação, a submissão e a fuga. Uma coisa que nós todos queríamos ter feito, mas que ele escondeu bem de nós.

Orvil passou a noite toda preparando uma proteção para a filha. Uma estatuazinha com um pedaço de espelho quebrado no peito, que ele colocou dentro de uma garrafa d'água. Para alertar os anjos das águas, Damballa,* Aida Wèdo, Agwé, Simbi e Lasirenn, de que sua filha estava passando por um mau momento e eles tinham que protegê-la. Ao amanhecer, no momento da partida, Orvil implorou a ela que voltasse. Mesmo que levasse muito tempo. Mas que

---

* *Damballa*: deus serpente que é frequentemente representado com sua esposa Aida Wèdo.

voltasse. Que não se colocasse em perigo. A luta dos Lafleur devia acontecer ali, não em outro lugar.

Olmène beijou Dieudonné, que dormia no colo de Ermancia, sem o acordar. Tudo o que tinha agora cabia numa trouxa que ela escondeu sob alguns legumes dentro de uma cesta. Para não levantar suspeita. Para não soltar as línguas.

Deixar o passado para trás era uma experiência que Olmène vivia como se fosse um presente. Como um dom. Ela não queria ser derrotada. Ressurgiria do outro lado da resignação, do medo e da raiva. Ela ressurgiria. Mas primeiro precisava fugir de um futuro sombrio. Olmène tinha só dezoito anos e queria viver. Nascendo o dia, todos de Baía Azul se reuniram na frente da casa de Orvil e Ermancia. Olmène se descolou de nós até o fim do caminho com passos leves, como se fosse dançar.

Quatro dias depois da partida de Olmène, Tertulien, dividido entre a raiva e a mágoa, foi até a casa de Orvil e ordenou que a trouxesse de volta à razão e à casa, fixou até mesmo um prazo: "Se em uma semana..." Na voz de Tertulien se podia ouvir que o homem tinha retomado sua potência. Quando seu pai chegou, Dieudonné correu para ele, rindo, com as perninhas pouco seguras, e se agarrou em suas calças. Tertulien apenas colocou a mão nos cabelos dele e falou grosso com Orvil, que nunca respondeu. Foi embora sem virar as costas, entre choros e gritos do filho que o chamava. Olmène tendo partido, Dieudonné se tornara insignificante. Negligenciável. Um filho ilegítimo.

Depois da partida de Léosthène, da morte do camponês e da fuga de Olmène, todos em Baía Azul seríamos, ainda mais do que nunca, surpreendidos por acontecimentos de outros lugares. E então arrastaríamos os pés por causa do peso daqueles que nós mesmos conceberíamos.

20

"Vocês foram todos covardes. Bando de frouxos... Se deixaram levar sem dizer nada, sem qualquer protesto. Pisaram em vocês. Ao invés de se defenderem, erguendo os pés, vocês se deitaram, costas, barriga, cabeça no chão, para que passassem por cima. Para que os esmagassem como vermes da terra. Sim, é isso que vocês são, vermes da terra."

Padre Bonin, naquele domingo, tinha escolhido a raiva para falar conosco. Sua pele estava vermelha de um jeito que nunca tínhamos visto. Desvairado, proferiu seu sermão com grande exaltação. Será que tinha bebido mais vinho do que o normal? Não sabíamos. Mas sua voz estava rouca como a de um velho bêbado. De todo modo, era por meio daquela voz falhada que a palavra de Deus chegava. E, pelo que dizia o padre Bonin, Deus não nos amava muito naquele domingo.

Pensamos que um terrível *lwa Pétro** dançava na cabeça do padre Bonin. Ele estava mesmo com muita raiva de nós. Daqueles que partiam dos vilarejos e aldeias, dentro dos caminhões. Dos que os levavam. De quem os tinha procurado. De nós, que os deixávamos ir embora. "E a terra, me digam, quem vai cuidar dela?"

Pegos de surpresa, não vacilamos, alguns de nós estavam usando um escapulário, outros tinham um rosário, e alguns tinham os dois. Escondendo bem nosso espanto, também não fizemos nenhum comentário. Nenhum. Não reagimos. Mais do que nunca enfiados em nossas únicas roupas de do-

* *Pétro*: divindade crioula que não é de origem africana, intensa e por vezes agressiva.

mingo. Em nossa impassibilidade. Em nosso silêncio camponês. Visivelmente, padre Bonin estava ciente dos acontecimentos e de outras coisas que nós ignorávamos. Assuntos de gente mais poderosa que nós, assuntos dos *grandes Negros* e dos *grandes Brancos*. Assuntos sobre os quais nós não tínhamos nenhum domínio e dos quais queríamos ficar longe.

Dorcélien saiu da igreja furioso, apontando o dedo para o padre Bonin, que fez uma pausa de alguns segundos olhando direto em seus olhos. Os dois pareciam ter começado uma conversa em suas cabeças e se entendido. Nós, ao contrário, ficamos rígidos como estátuas silenciosas, ombros contra ombros, suando um pouco mais do que o normal. Aquela cena apenas nos confirmava ainda mais que era mesmo um assunto de gente superior a nós.

Na saída de Dorcélien, padre Boni continuou: "Um filho de Deus é também um filho que levanta a cabeça e que afasta os descrentes, como Jesus com os mercadores do Templo. Vocês não têm que aceitar tudo, engolir tudo sem dizer nenhuma palavra, sem opor a mínima resistência. Vão aniquilar vocês até que eu não ouça mais nada saindo de seus lábios. Pois vocês não levantam nem um pau para bater no inimigo."

Começamos a balançar a cabeça levemente. Sem perceber, porque nenhum de nós queria ter nada a ver com Dorcélien.

Será que, por causa dessa pequena confusão, padre Bonin pôde ler em nossos rostos que estávamos aliviados com a saída de Dorcélien? Difícil saber. Mesmo assim, ele ficou mais conciliador quando acrescentou em crioulo, que ele começava a dominar:

"É porque conheço todos vocês. Vocês acham que eu não sei que vocês frequentam a igreja, que se ajoelham, que recebem o corpo de Cristo e, ao voltar para casa, fazem rituais selvagens? Sim, selvagens! Então eu vou dizer o que acontecerá com vocês: a noite não vai mais dar espaço ao dia, as plantas vão virar pedras, isso mesmo. Os peixes serão apenas lembranças em suas redes. E seus animais não darão mais cria. Assim será a vontade de Deus. Amém."

E nós respondemos: "Amém."

Depois, o padre Bonin chamou como autoridade Yvnel, que se apressou em suas roupas brancas de coroinha. Sua voz era irreconhecível quando ele começou a cantar em latim. Um dos cânticos, pela sonoridade, acabamos conhecendo de tanto ouvir. Então repetimos com ele, mais forte que de costume, para aliviar um peso no peito:

Agnus Dei
Qui tollis peccata mundi

Os cânticos se elevaram de dentro de nós como um sol, nos concedendo algum respiro. Alguns, de braços abertos e estendidos ao céu, balançando da direita para a esquerda, clamavam por Deus, santos e *lwas* para que nos salvassem.

Dona eis requiem sempiternam

Assim que a missa acabou, Ermancia se meteu entre os fiéis, ainda sob o efeito das palavras do padre Bonin. Ela queria falar com a Virgem, cuja imagem ficava na entrada, à direita da igreja, bem de frente para a imagem de Santo Antônio de Pádua. Ela abriu os dois braços e baixou a cabeça para dizer à Virgem que ela ainda esperava os milagres, mas que não os via chegar. Que sua paciência estava chegando ao fim. Que ela tinha pedido que Léosthène e Olmène lhe mandassem algum sinal. Ao menos uma vez. Que logo ela recorreria aos mais poderosos que a santa: São Tiago, o Arcanjo Gabriel ou São Patrício. Sim, absolutamente. Ermancia, decepcionada e com raiva, deu um tapa na imagem e insultou a Virgem: "Tu está aí, parada sem fazer nada, não levantou um dedo por teus filhos. Há quanto tempo que te peço notícias de Léosthène e Olmène? Mas não recebo nada. Absolutamente nada." Ermancia não ouviu o padre Bonin se aproximar. Quando, ao se virar, o viu, trocou rapidamente os tapas por doces carícias. O padre Bonin a olhou de soslaio, com ar duvidoso, sabendo que Ermancia não falava com a Virgem, com o Cristo moribundo de joelhos, mas com Ersuli Dantò com sua cicatriz na bochecha, protegendo seu filho dos ventos, da fome, do sol e dos ares maléficos. Ermancia fechou os olhos piedosamente, fez o sinal da cruz e se foi, de cabeça baixa, depois de cumprimentar o padre Bonin.

"Isso mesmo, madame Orvil, isso mesmo."

Padre Bonin acabou gostando de nós bem como éramos. E nós acabamos gostando de sua doçura rude. No entanto, ele nunca nos compreendeu de verdade. Nós também nunca o compreendemos de verdade. Nunca. Mas isso era o mais importante? Nunca deixamos que ninguém sequer tocasse em um fio de seus cabelos, e ele nos defendeu contra um exército inteiro.

O sermão do padre Bonin não impediu Fénelon, duas semanas mais tarde, de entrar para a milícia azul. O padre Bonin poderia ir embora quando quisesse. Para onde não havia medo. Para onde ninguém viria roubar suas terras, nem roubar seus animais ou levar sua irmã embora. Nós não tínhamos para onde ir. E, como o medo ganhava terreno entre nós, em Baía Azul, Fénelon escolheu estar do lado daqueles que o disseminavam. Do lado de quem usava óculos escuros, facão, lenço vermelho e revólver. E não do outro lado, o que sofria. Sem leis que barrassem a rota do medo, ele escolheu a única lei, em que ele mesmo causaria o medo.

Fénelon se alistou quando um homem que lhe comprou peixe por um preço baixo em Ti Pistache para revender a um preço alto em Baudelet ou Porto Príncipe lhe fez a proposta. O homem apresentou-o para Toufik Békri, o irmão da Sra. Frétillon, que tinha transformado uma das casas dos Békri em quartel general dos homens de azul. Toufik Békri era o comandante-chefe.

Então, a segunda vez que Tertulien foi a casa de Orvil, ele foi recebido por Fénelon, vestido com seu uniforme azul, ostentando o lenço vermelho no pescoço, o revólver na cintura e o facão na mão. Mesmo muito surpreso, Tertulien não deixou transparecer. Nada. Apenas disse: “Olmène voltou?” Sem insistir. Quando se viram, Fénelon e Tertulien se cumprimentaram como dois touros medindo seus chifres, pateando o chão antes de uma luta que não aconteceria.

Depois desse evento, Fénelon inspirava medo e pavor nos cinco vilarejos ao redor. Nos comerciantes. Nos camponeses. Nos representantes da ordem e da justiça. Em todos. Cada vez que Fénelon passava, alguém ficava mais pobre, perdia alguma coisa ou de repente se sentia apequenado. E, na presença daqueles que antes o desprezavam, que o olhavam de cima, como o juiz, o comandante da praça ou algum burguês de Baudelet, seu prazer aumentava ainda mais. Estava intoxicado por existir apenas para ameaçar e sorrir. Para fazê-los sofrer e se jubilar com isso. Às vezes sozinho, às vezes na companhia desordeira de Toufik, Dorcélien e seu assistente. Para aqueles que, igual a ele, eram pobres como Jó, primeiro destilou pequenos infortúnios. Gota a gota. Esperando lhes causar os maiores quando a ocasião se apresentasse.

21

Dieudonné cresceu entre o mar e a terra quente e rochosa de Baía Azul. Aprendeu, ao lado de Orvil e de Fénelon, a decifrar os signos do céu. Compreender a língua das águas e o alfabeto dos ventos. Distinguir um tempo, que seria uma *demoiselle* caprichosa, de um tempo mascarado. Se lembrar de que ir para o mar era saber a hora da partida, mas jamais a do retorno, pois apenas Agwé e Deus sabiam. Sair com os bichos do cercado e os levar para beber. Curvar as costas até quebrar os rins sob esse sol que gruda na pele, sob esses céus secos que aqui fazem, dia a dia, a terra fechar seu ventre e empurrar seus escombros para cima. Acariciar o ventre desta terra para que ela floresça de novo. Verde. Abundante. Macia. Fazer cotidianamente farinha de painço no grande pilão do *lakou*, para a única refeição do dia. Diferenciar os trabalhos de mulheres dos trabalhos de homens e deixar que elas lhe servissem. Saber deixar as mulheres voarem como bandos de passarinhos pela manhã e esperá-las em silêncio na doçura do crepúsculo. Tombar de sono com uma densidade de pedra e uma leveza de anjo para esperar os visitantes dos sonhos.

Dieudonné estava acostumado com a ideia de ter três pais e três mães. Um pai próximo, Orvil; outro mais distante, Fénelon, e um pai com quem nunca falava. Três mães: Ermancia, Cilianise e uma ausente, Olmène, com quem ele sonhava de vez em quando. Ela chegava pelo mar ou pelas terras atrás das montanhas, vestida de branco, e descia uma escada para se aproximar dele, que tinha os braços estendidos, e então ela desaparecia numa grande nuvem branca.

Dieudonné com frequência surpreendia a avó, Ermancia, dando uma última olhada no horizonte antes de fechar a porta da casa, ao cair da noite. Parecia estar esperando alguém. Parecia que Olmène ou Léosthène voltariam assim como tinham partido. Sem aviso. Sem carregar nada. Apenas seus pés sólidos como bagagem, para caminhar até os sonhos que tinham construído. Ela imaginava esses mesmos pés robustos como ela os amava, os levando até a infância, os levando de volta ao *lakou*.

Dieudonné cresceu com os mesmos medos que nós, medo dos espíritos errantes, dos feitiços ruins, dos *paquets rangés*[*] nas encruzilhadas, aprendeu os encantamentos para convocar os Invisíveis, as simples para petrificar os diabos e os salmos para enfrentar todas as ameaças. "O Senhor é meu pastor e nada me faltará, se ele está comigo, quem será contra mim?" E Dieudonné jamais saía das vistas de seu avô Orvil, enquanto ele girava, esmagava, misturava e amalgamava ervas estranhas, raízes raras e restos obscuros até reduzi-los a um unguento liso e claro ou a uma poção espessa e gordurosa. Nem quando ele preparava os *bains de chance*[**] com flores, frutas, especiarias e Água Florida, para promessas que faziam brilhar os olhos dos visitantes. Dieudonné teceu laços na partilha de tudo com todos. Partilha sempre desigual, como dedos, mas que fazia com que ficássemos unidos

---

* *Paquet rangé*: amuletos ritualísticos feitos de tecidos, ervas e objetos, deixados em lugares estratégicos para proteção ou maldição.

** *Bain de chance*: banho especialmente preparado para atrair favores dos deuses.

em uma só mão. Como nós, ele partilhava até seus sonhos ao acordar e ouvia cada um dar a sua interpretação.

Conforme ia enfrentando o mundo, todos, pais, mães, tios e tias do *lakou*, o ensinavam a dominar a arte de ser invisível. Pobre, *maléré* e, acima de tudo, invisível. Invisível para os perigos que espreitam, para todas as armadilhas das mais poderosas e para aqueles que não são do *lakou*. "As pessoas têm que achar, Dieudonné, que você não existe. Tu tem que ser menor do que tu já é. Invisível. Como um lampião no fogo do inferno."

Nou se lafimin o
N ap pasé nam mitan yo n alé
Somos como a fumaça
Passaremos por eles sem que nos vejam

Na indolência dos dias claros, Dieudonné nadava longe, bem longe, com Oxéna, os outros primos e Osias, um amigo que vinha de Ti Pistache. Eles nadavam em direção ao mar aberto. Usavam apenas um tronco de árvore ou um balde de plástico como boia. Só voltavam quando as silhuetas da praia se tornavam bem pequenas, como moscas, os lembrando de que os veleiros tinham partido e nunca mais foram vistos. E então todos nadavam lentamente para alcançar a praia, pensando nas palmadas que lhes esperavam e nas reprimendas – "Vagabundos, *sans aveu*" – que choveriam ao mesmo tempo que os golpes de *rigoise*.* Mas os sofrimentos

* *Rigoise*: chicote fabricado com o nervo do boi.

eram bem mais efêmeros que o encantamento com o mar. Nunca Dieudonné se arrependeu de amar tanto essas águas.

Ele pescava girinos ou enguias na lama e se divertia observando os flamingos cor-de-rosa nos pântanos. As meninas iam com ele e os outros meninos da aldeia até o mato e os ajudavam a preparar arapucas para pássaros, rolinhas e hortulanas.

O resto do tempo, Dieudonné ficava correndo atrás de grandes caroços de abacate ou de manga, ou de uma lata milagrosa enrolada em trapos, fazendo as vezes de uma bola. Mas, com o tempo, ele pôde chutar uma bola de verdade, no campo de futebol construído atrás da capela de Santo Antônio de Pádua, pelo padre Bonin, bem ao lado da escola, a qual Dieudonné frequentou por três anos apenas. "Uma criança na escola", Ermancia disse ao padre Bonin, "são dois braços a menos em casa e nas roças, e dois braços a menos na pesca."

Desde que podia se lembrar, Dieudonné sempre ouvia desconhecidos que passavam por Roseaux pedirem para ver Fénelon com as mesmas palavras: "O chefe está aí?", e deixavam para ele um saco de arroz, duas galinhas, uma galinha-d'angola ou legumes. Em sua presença, faziam a mesma coisa: "Sim, *chef mwouin*, sim, chefe", mesmo depois de terem esperado duas horas debaixo de um sol que queimava o crânio, com uma mosca pousando na saliva da fome, nos cantos dos lábios. Dieudonné ligava o poder de Fénelon àquele do *danti* de um *lakou*, como seu avô Orvil, ou àquele de um chefe ainda mais poderoso que todos os chefes e que usava um chapéu preto e óculos de lentes grossas.

Graças à grandiosidade de Fénelon, Ermancia ergueu seu primeiro balcão – uma mesa entalhada por Nélius, em uma madeira grossa – na entrada do *lakou*. Foi construída em Baía Azul a primeira casa de alvenaria. Ela encheu o balcão de açúcar em pequenos saquinhos marrons, vendia também barrinhas de gergelim, balas de gengibre, *rapadou*,* *kasavs* e, na estação, abacates e mangas. Quando recebeu as primeiras garrafas de *kola* de Fénelon, ela consagrou uma das latas para guardar o dinheiro destinado a pagar o fornecedor.

Comíamos melhor do que muitos, e o medo dos homens e suas maldades ficou distante. Apaziguávamos os deuses com oferendas. Mais numerosas. Mais generosas. Mas nunca perguntávamos nada a Fénelon. Nem por quê, nem quem, nem como. Talvez não tivéssemos que saber de nada. A miséria é uma porta baixa. Não tínhamos força para passar por ela. Então baixamos a cabeça e fechamos os olhos.

Dieudonné não sabia como Fénelon era antes do uniforme azul. Jovem demais. Ignorava seus olhos de outrora, antes que se endurecessem pelo medo e pelo sangue. Além disso, Dieudonné tinha um certo orgulho do poder do tio. Como nós, gostava de que a miséria tivesse relaxado seu cabresto. Mas, ao contrário de nós, Dieudonné não tinha nenhum elemento de comparação e cresceu sem qualquer confusão. Aquele conhecimento único, no fim das contas, era um abismo de ignorância.

---

* *Rapadou*: açúcar mascavo artesanal.

22

Quando o estrangeiro chegou sozinho, numa manhã, Dieudonné, sentado ao lado do avô, tinha só dez anos de idade. Ele ria, ouvindo Orvil lhe contar histórias dos tempos de outrora, de muito tempo atrás, e não imaginou que Orvil pensava em Léosthène e Olmène. Pela terra e pelo mar, Orvil se fiou em sua perseverança e na bem-aventurança dos deuses. Todas as coisas o preocupavam, como o preocupava a escalada ao poder de seu filho, Fénelon. Orvil e Dieudonné consertavam uma rede e se viraram juntos quando uma voz desconhecida os cumprimentou em uma língua crioula da cidade grande: "Honras." Eles não tinham ouvido os passos daquele homem, vindo não da frente da casa, mas da trilha que ficava ao lado. Um homem que chegou como um rato. Orvil respondeu: "Meus respeitos", como mandava o uso, mas não lhe perguntou em que poderia ser útil.

Fazia três dias que sua presença fora avisada a Orvil e a nós todos. Fingimos não saber, não ver; no entanto, seguimos seus rastros, olhos inquietos, narizes afiados e ouvidos atentos. Perguntávamos a nós mesmos as razões que tinham trazido tal homem a tal lugar. Nosso lugar. Um homem se encontrar nesse ponto estrangeiro, nesse caminho para o fim do mundo. Se Dieudonné olhasse para o estranho e sussurrasse: "Quem é esse?", agarrando mais forte seu avô, só de olhar para ele saberíamos que os dados de chumbo do acaso, como no dominó, já tinham decidido que teríamos que escolher entre a desgraça do estrangeiro e a nossa.

Fazia calor. Muito calor. Um calor pesado e pegajoso. Sem nada de vento. Nada. Estávamos acostumados, às vezes o calor até abolia as cores. O desconhecido pediu água e, apesar da fome que fazia seus olhos saltarem, as bochechas se cravarem, a fome que gritava nos cantos da boca, ele não ousou pedir comida – sua contenção de homem que sempre comera a própria fome o impedia de fazê-lo. Contentava-se em observar Orvil e espantar moscas que vinham pousar em seus lábios secos. Tinha a barba por fazer, e os cortes e arranhões no rosto e nos braços contavam, sem que ele soubesse, sobre rotas clandestinas, seus medos, o matagal. O rosto magro e sujo dizia o que a língua silenciava: "Não como há dois ou três dias. Tenho medo." Conhecíamos aquela linguagem melhor que ninguém, mas quem nunca passou fome não poderia saber. Tínhamos essa vantagem contra o estrangeiro, que nem suspeitava de quão estrangeiro ele era. Suspeitava menos ainda que o medo, não podendo mais estar com ele, o havia deixado por um momento. O medo se permitiu fazer uma pausa. Foi o tempo de Orvil lhe oferecer um pedaço de *kasav* e a metade de um abacate. O estrangeiro comeu com tanto apetite que salivava e limpava a boca com as mangas direita e esquerda da camisa. Uma camisa que não estava limpa. Não para um homem como ele. Nem os sapatos. Furados por tudo, deixavam escapar as unhas dos pés pretas de sujeira. Sapatos em péssimo estado para um homem que visivelmente devia ter usado sapatos limpos e novos desde seus primeiros dias, desde seus primeiros passos na vida. Sem dúvidas, ele tinha caminhado por muito tempo com medo, o medo no estômago, o medo nos calcanhares, o suor do medo. Meu deus, como ele tinha medo! E precisava procurar conforto naquele fim de mundo. Não pediu o contato das nossas mãos nem o calor dos nossos braços. Pediu aos desconhecidos que éramos que simplesmente estivéssemos ali. Vendo-o comer e depois beber e depois comer de novo. Para lembrá-lo de que ainda pertencia à raça humana. Ele precisava baixar a guarda por um momento. Não desconfiar de todo gesto, todo olhar, todo sorriso. Precisava dessa pausa para esquecer os gritos do companheiro pego perto dele. Sob seus olhos. Algumas semanas antes. Ele não poderia ter feito nada. Então, sim, ele precisava dessa presença para calar seu próprio medo. Meu deus, como ele tinha medo.

Observando-o de canto de olho enquanto trabalhávamos, nos fazíamos a mesma pergunta. E Orvil, mais que nós todos, a fez: o que Fénelon vai fazer com essa presença incômoda? Yvnel, querendo sempre ser o mais esperto, foi até falar com Nélius, seu pai: "Ainda bem que Fénelon não está aqui." E parou na hora que Ilménèse colocou o dedo em sua boca, como reprovação àquela fala. Porque o medo do estrangeiro não preocuparia Fénelon. Faria até bem. Lhe daria vontade de brincar com a presa, com as feras antes de devorar algo. Ainda por cima, esse medo ia aquecer sua vaidade de subalterno condecorado.

Orvil serviu ao estrangeiro um pouco de água em um cantil e lhe deu algumas *kasavs*, que ele se apressou em colocar em um saco velho pendurado no ombro. Nenhuma pergunta lhe foi feita. Nenhuma. Ao olhá-lo, todos nós tínhamos compreendido que ele mantinha, dentro de si, algo que não podia nos contar. Talvez ele mesmo acreditasse que sabia, mas na verdade esse algo lhe escapava. Orvil mostrou a ele o caminho menos utilizado por Dorcélien, Tertulien, Fénelon e todos os outros. Recomendou que fosse precavido, que não usasse a rota para Ti Pistache e que caminhasse de preferência à noite: "Nunca se sabe." O estrangeiro agradeceu. Ele queria dizer alguma coisa, mas se conteve. Ao contrário de nós, ele não sabia como jogar com o medo. Era tudo novo para ele. Era um novato no medo. Nós todos ficamos observando quando ele partiu, sabendo que, em pouco tempo, seria morto.

Dois dias depois, Fénelon nos chamou a todos para a casa de Orvil e de Ermancia a fim de nos contar que um estrangeiro, um *kamoken*,* tinha sido assassinado e que sua cabeça tinha sido enviada a Porto Príncipe em um saco de juta ao homem de chapéu preto e óculos de lentes grossas. Sob o comando de Toufik Békri, Fénelon, Dorcélien, seu assistente e outros dois homens tinham cercado o estrangeiro e o obrigado a ficar de quatro. Um deles lhe puxara a cabeça para trás, pressionando as costas, enquanto o assistente lhe segurava pelos braços. Outro depois pegou o facão e, com um só golpe, separou a cabeça do estrangeiro de seu corpo. O camponês que acompanhava o estrangeiro pelo caminho onde fora capturado teve o mesmo fim. Ele apenas lhe tinha mostrado o caminho. Ele, que o acaso tinha posto lá, naquele dia, naquela hora. Nós ouvimos aquilo atordoados, apavorados e em silêncio. E, porque não dissemos nada, Fénelon pensou que tivéssemos aprovado. Que dávamos a ele esse direito.

---

* *Kamoken*: opositores das ditaduras dos Duvalier, pai e filho, de 1957 a 1986.

Não poderíamos aprovar algo que não compreendíamos, mas não dissemos nada a ele. E então apareceu esse estrangeiro, que veio não se sabe de onde procurar a morte nos *bayahondes*. Nós também não o entendíamos. Mas, enquanto Fénelon contava a narrativa da morte desse prisioneiro e do camponês, Ermancia, Cilianise e todas as mulheres de Baía Azul, sem trocar uma palavra sequer, pensaram nessas duas mães que sequer puderam se ajoelhar para ouvir o último suspiro escapar da garganta de seus filhos. Como se fosse água saindo de um gargalo estreito. Essas mães que não puderam ampará-los até que suas mãos ficassem vermelhas do sangue de seus corações.

Yvnel achou por bem romper o silêncio e felicitar Fénelon por sua coragem, a de um verdadeiro chefe:

"Tu é mesmo forte, Fénelon!"

Fénelon estufou o peito e arrumou o revólver de modo mais ostensivo na cintura. Pegou seu facão, girou-o na mão e respondeu com a segurança de quem sabe de sua própria importância:

"Ou tu é um líder, ou tu não é."

Algumas vozes entre nós se sobressaíram. Porque, quando você começa com covardia, você não sabe onde vai parar.

Não ousamos olhar para Orvil, que nem se mexeu ou pronunciou qualquer palavra. Fénelon, talvez para apaziguá-lo, lhe estendeu, como se fosse um despojo de guerra, uma carta dobrada em quatro, encontrada em um dos bolsos da sacola do estrangeiro. Orvil agarrou-a com um gesto brusco, sem dúvidas para evitar que essa última lembrança do estrangeiro fosse manchada. Depois, se aproximando de

Fénelon, lhe pediu que deixasse Baía Azul e se instalasse na casa de Olmène. Contra sua vontade, Fénelon não ousou contrariar o pai.

Ermancia, Ilménèse e as outras foram tomadas de um choro convulsivo e soltaram um só grito. Um grito de bicho esganado. Elas repetiram incansavelmente: "*Manman pitit*, a dor de uma mãe é incomensurável." Cilianise tinha seu último filho no colo e balançava o tronco para frente e para trás, gemendo. Compreendia como aquela criança seria agora sua doçura, seu cansaço e seu desespero. Ao olhar para o filho Fénelon, Ermancia sentiu no ar uma tempestade que chegava para lhe queimar. Quando ele partiu, ela chorou. Por ele, pelas mães, por ela.

Na casa de Olmène, Fénelon abriu uma rinha de galo, que todos frequentavam por medo de represálias, onde ele era o único autorizado a falar alto. Ele comprou *points* e *lwas* que não eram do *lakou* dos Lafleur, e forjou sua reputação como curandeiro. Mandou fazer uma placa em que se podia ler: *Fénelon Dorival, curandeiro de doenças naturais e sobrenaturais.*

Ermancia, uma noite, viu num sonho Fénelon, que se debatia no meio de uma paisagem imensa em chamas. E nenhum de nós, apesar dos esforços, conseguia tirá-lo de lá.

Orvil se perguntou, após a morte do camponês e do estrangeiro, após as metamorfoses de Fénelon, se ele teria a força necessária para travar as batalhas que se anunciavam. "Não tenho certeza", repetia a si mesmo. "Não tenho certeza."

Pensava em Léosthène, em Olmène e dizia à Ermancia, bem mais agora do que antes desse acontecimento, que se sentia cansado.

Orvil era o *danti* da *habitation*, o patriarca, o mestre espiritual dos lugares. Seu desconforto e sua confusão eram a nossa. Ele ficou ainda mais impotente diante da terra e das pedras que encobriam o sopé das encostas à medida que nós subíamos pelas estradas. Diante do aumento da força dos furacões. Diante da seca cada vez mais devastadora. Diante do desamor por nossas roças, à medida que as abandonávamos. Diante da grande serraria de Toufik Békri, que acelerava a derrubada de árvores e destruía as barreiras naturais. Diante dos ventos das nossas terras que diminuíam a ponto de nos tornarem *chers maîtres* e *chères maîtresses*[*] de coisa nenhuma.

---

* *Cher maîtres, chère maîtresses*: que agem como proprietários e não precisam prestar contas com ninguém.

23

O mar brilha. Cada onda é como uma miríade de pequenos espelhos que se agitam lentamente sob a lua. Meu pai nos pôs em vigília. Ele leva a noite muito a sério. Minha mãe também. Abner os tranquiliza.

A primeira vez que eu enfrento a noite é com o meu irmão Abner. Uma noite de lua cheia. Vamos até a encosta do morro de Peletier. Uma parte cortada e desmatada. A lua alta e clara no fundo do penhasco semeia manchas brancas, como se tivessem lançado pás de cal. Abner já sabe o que é preciso para não ter medo da noite. E eu desejo conhecê-lo também.

A fascinação da lua, meu amor, apenas isso. Eu gosto de vocês. Não conheço nenhum rosto como o teu.

Respiro o ar da noite, camadas claras por causa da lua. Experimento a noite em meu rosto. Algumas palavras não deveriam jamais sair da minha noite. Aquela de dentro. Que só eu conheço.

Eu precisava chamar a atenção daquele homem, forçar a porta de sua carne. As sandálias vermelhas. As meninas tinham razão. Não se usa tais sandálias de dia, mas eu, eu usei, apesar dos olhares quando passava. Eu usei por Jimmy.

Algo estava prestes a acontecer comigo. Eu esperava que um dia acontecesse algo que me curasse do meu desejo de sair de Baía Azul. Eu queria, mas não desse jeito. Não, não desse jeito.

Só umas palavras trocadas, um dedo apontado para mim, e pronto: já começam a gritar se aproximando. O desconhecido trouxe consigo um homem atarracado, enfiado em um cardigã vermelho-grená, furado nos dois cotovelos. Um terceiro homem os seguia. Teve que tirá-los da cama. Todos já estão lá, tenho certeza, com seu saber, sua esperteza e suas explicações.

Quando estava perto de mim, o homem de cardigã vermelho estendeu uma mão gordinha para me tocar. Me ver deitada na areia com aquela expressão não foi o suficiente. Ele precisou me tocar. O outro, um verdadeiro colosso, parece ter escolhido assistir ao evento como se fosse um espetáculo, garantindo um lugar em pé, atrás dos outros. Se inclinaram sobre mim para me olhar de todos os ângulos. Mas o desconhecido, sem aguentar mais, me virou com um chute nas costas. Os três recuaram, e o homem atarracado se aproximou novamente querendo me cheirar, abaixando a cabeça ora para a esquerda, ora para a direita. Depois ergueu o único braço intacto que me restava e o deixou cair na lama e nos respingos.

Pássaros sobrevoam o mar, branco de espuma. Olho para ele subindo em jatos leitosos. Absurdo. Cada onda espiada, vigiada. Olho para ele antes da chegada do grupo. Meu segredo também será revelado. Estendida ali na areia cor de ostra. De bruços. Eu o sinto. Serei a única a saber, até o fim dos tempos...

Os três desconhecidos me viram e reviram. Para um lado. Depois para o outro. Querem me examinar sob todos os ângulos. Todos. Para estarem bem certos do que veem.

Seu pequeno joguete já dura uns bons minutos. Preferiria que me deixassem em paz pela última vez. Em paz com os meus pensamentos, que giram em um pedaço de terra onde minha infância dorme.

Vou reunir meus pensamentos. Todos os meus pensamentos, antes que o vilarejo inteiro caia sobre mim. O homem atarracado fica de guarda, enquanto os outros dois voltam para suas casas, eles querem avisar todo mundo.

Ouço gritos ao longe. É certo que, desta vez, todo o vilarejo vai se reunir ao meu redor. Contanto que um ou dois cães vadios não venham também me cheirar. Pousar seus focinhos úmidos na minha pele, na minha carne.

A multidão aumenta. Devo me manter vigilante para não me dispersar em cogitações inúteis. Para reunir minhas últimas forças. Devo prestar atenção para escutar tudo. Para ver tudo.

Abner, meu irmão, é o mais forte de nós dois. O mais forte entre os homens. O primeiro a ter percorrido os campos ao redor de Baía Azul no começo da noite, há três dias. O primeiro a gritar meu nome, com as mãos ao redor da boca, até rasgar os pulmões.

Foi sua voz a última que ouvi, antes das vozes dos desconhecidos na praia, que gritaram nomes de pessoas que eu não conheço e que se aproximam. Se aproximam.

Estava machucada e exausta. A aurora dissolveu lentamente as nuvens pesadas, sombrias como um luto que mancha o céu há três dias. Uma luz muito macia desvela enfim o mundo. Reflexos rosados de madrepérola, quase um alaranjado em alguns lugares, roçam a minha pele dilacerada e as minhas feridas abertas, chegando aos meus ossos.

O vilarejo inteiro me cercará em breve. Todos metidos em seus gorros rasgados, casacos desbotados, suas roupas umas por cima das outras para aplacar o frio, hábitos e hálitos noturnos. Um homem até chegou calçando apenas um sapato. Com pressa de ver essa aparição saída do ventre do mar. Ao lado de uma velha, com a cabeça descoberta no frescor da manhã. A discussão vai se animando à medida que a multidão aumenta.

Quando alguém pergunta se eu não deveria ser jogada no mar com algum peso amarrado aos pés, uma voz, velha e trêmula, diz: "Não." E todos se viram em sua direção. Ela tem autoridade o suficiente para ser ouvida. Com a mesma autoridade, não concordou que eu fosse queimada. Nunca vista. Nem conhecida. "Então quer atrair mais azar? Já não é o suficiente? Querem mais? Bando de descrentes, sem fé."

24

Algumas semanas depois da morte do estrangeiro, o padre Bonin fechou as portas da sua igreja e foi para Porto Príncipe, por um longo mês. Foi se encontrar com seus superiores do episcopado na capital. Nós já o conhecíamos bem o bastante para saber que ele não estava mais contente em nos punir nos privando da escola, do consultório médico e do conforto por certo tempo. Quando voltou, nos fez esperar boas duas semanas, apesar de todos os nossos "Bom dia, meu padre". Em resposta aos nossos cumprimentos, soltava uma frase bem seca e curta: "Não está ruim", e seguia seu caminho ou ia cuidar de suas obrigações. E então, na véspera da festa da Assunção, para nossa grande surpresa, ele abriu as portas da igreja e do presbitério, e fez Érilien anunciar que a missa seria cantada no dia seguinte. Parado na porta da igreja, esperou que a multidão de fiéis estivesse bem numerosa para nos dizer com a voz levemente rouca: "Não vou mais punir as crianças inocentes dos cinco vilarejos dos arredores pois seus pais estão perdidos para sempre." Depois dessas palavras introdutórias, olhou para nós fixamente, depois terminou o discurso de boas-vindas acrescentando: "Meu dever é salvá-los."

Nossa reconciliação foi calorosa. Ofertamos a ele um belo galo, agrião, *malangas* para um cozido, milho, arroz, banana e feijão vermelho. O padre Bonin celebrou uma missa como nós gostávamos. Atravessada de orações e cantos à *Maman Marie*, e com um sermão alucinante sobre sua ascensão ao céu. Com isso alimentamos nossos sonhos por muito tempo e nossas conversas por uma semana inteira, durante a qual Marie por vezes seria Dantò, por vezes Fréda, por vezes Lasirenn. Ele sabia dessas coisas, mas decidiu nos deixar com nosso faz de conta, convencido de que Deus acabaria reconhecendo os seus. Afinal, esse faz de conta eram nossas crenças. Ilegítimas, certamente, mas nossas.

Uma tarde, padre Bonin veio à Baía Azul falar das obras que queria realizar para ampliar a escola. Obras para as quais solicitou nossa ajuda. Sentou-se ao lado de Orvil, em uma cadeira de palha, e pediu um café. Orvil lhe garantiu a ajuda de todos os homens corajosos de Baía Azul. Era óbvio. Mas, contra todas as expectativas, Orvil lhe pediu um favor em troca. Ele baixou a voz, e o padre Bonin se apressou em beber o resto de sua xícara para ouvir o que o velho amigo queria dizer:

"Padre Bonin, você vai fazer um serviço para mim."

"Orvil, você sabe que estou aqui para ajudar os filhos de Deus."

"Padre Bonin, você se lembra do jovem que morreu na entrada de Roseaux?"

Padre Bonin olhou para Orvil. Não queria reacender seu ódio contra Baía Azul, remexendo cinzas ainda quentes, e apenas fez que sim com a cabeça. Orvil, sentindo que poderia ir mais longe e confiar nele, pediu que esperasse. Entrou em casa e, ao sair, entregou-lhe a carta que Fénelon havia trazido para Orvil como despojo de guerra.

"Padre Bonin, você sabe ler. Diga para nós o que esse homem escreveu na carta. *Mwen vlé*, eu quero saber."

Então, Orvil chamou Ermancia, Yvnel, Cilianise, Ilménèse e todos os outros. Todos se sentaram em círculo ao redor do padre Bonin.

O padre pediu um copo de *trempé*, secou o rosto, depois desdobrou febrilmente as folhas um pouco amassadas. Já nos primeiros segundos da leitura, começou a tremer. Sentimos que ele queria chorar e que lutava com todas as forças contra aquela vontade. Ele nos traduziu a carta em crioulo, aos poucos, e terminou a leitura com os lábios trêmulos.

Queridos parentes,

Não sei se esta carta vai chegar até vocês. Não sei se voltarão a me ver um dia. Mas saibam que eu não traí nenhum encontro com o meu destino. Nenhum. O caminho está a cada dia mais estreito, mas a minha coragem, longe de vacilar, se aguça. Agradeço por terem me ajudado a me tornar o homem que sou hoje.

O país entrou em uma longa temporada de luto. A catástrofe política que representa a chegada do homem de chapéu preto e óculos de lentes grossas se juntou às devastações do Flora, o furacão devastador, se é que já houve algo assim. Não paro de pensar em meus irmãos e irmãs que essa calamidade atingiu: camponeses e moradores da cidade. E, para coroar tudo, eis que nossa vigilância também deve se estender para além das fronteiras, pois os Yankees invadiram a República Dominicana. Admiro profundamente a coragem dos que resistem do outro lado da ilha. E nós também devemos estar prontos para enfrentar toda a ingerência sobre esta terra, deixada de herança por nossos gloriosos ancestrais. A ocupação do início do século já era uma humilhação aflitiva, uma afronta muito grande. E como diz o nosso provérbio "Jodi pa deman", *nós temos que nos preparar para o pior a fim de traçar o caminho de um amanhã luminoso.*

Vocês vão entender melhor um dia. Se a ceifadora me permitir mais um fôlego, eu mesmo contarei a vocês as histórias da minha longa luta. Caso contrário, os camaradas que sobreviverem vão lhes dizer que, até o fim, eu tentei viver como um homem.

Eu os preocupei muito com meu longo silêncio de seis meses, ao qual se somou a confusão de minha carta ter sido postada de Bruxelas, e não de Estrasburgo, onde eu supostamente estaria estudando. Mas saibam que o ardor que sempre coloquei nos estudos, coloco também na vida a cada segundo, com a íntima convicção de que o bem pode existir neste mundo e que alguns são chamados para amassar a massa que fará crescer o pão de amanhã. Nenhum sacrifício é grande demais para tal sonho. Sonho que compartilho com outros homens e outras mulheres que estão lutando na Cordilheira dos Andes e pelos quatro cantos do mundo. Voltarei aos estudos com a fé engrandecida. Prometo. E vocês vão me ver de novo, espero, sentado à mesa da família. Para confrontar ideias com você, pai, ou para ouvir a mãe tocar a sonata de Ludovic Lamothe, que ela tanto ama, enquanto saboreamos seu delicioso pudim de baunilha.

Não corro em direção à morte. Estejam certos. Não sou um adepto da tristeza. Estou indo embora como tan-

tos outros, como Che, de quem vocês certamente ouviram falar, à procura de uma estrela que não seja a antítese da razão, mas sim a própria razão.

Certamente eu os surpreenderia se lhes dissesse que já cruzei com vocês, meus irmãos e irmãs, primos, primas e amigos, muitas vezes nas ruas de Porto Príncipe, mas que eu não poderia em hipótese alguma deixar que meu amor e afeição por vocês me traíssem. A tarefa foi mais fácil para mim, porque vocês não conseguiam me reconhecer. Deixei a barba crescer e uso óculos grossos de míope. Ainda estou em algum lugar deste país que amo profundamente. Mas não tentem descobrir onde me escondo. Isso os colocaria em uma situação de extremo perigo.

Não estou só. Aconteceu de eu ter que passar momentos difíceis com meus camaradas, mas eu nunca desistirei.

Nos últimos tempos, confesso, um torno parece estar me apertando desde que dois dos meus camaradas foram pegos em Plaisance, dois outros em Porto Príncipe, alguns em Martissant e outros em Fermathe ou Cabo Haitiano. Frantz, preso em Martissant, foi fusilado uma noite, no pátio de uma prisão de frente para o mar. E antes de entregar sua alma, parece que ele teve tempo de dizer "Mamãe" e erguer os olhos para a lua que fazia vigília sobre aquela terra que ele tanto amou.

Eu também amo muito vocês,

Michel

Padre Bonin terminou a leitura e ficou com a cabeça baixa por um longo tempo. Tivemos vontade de o consolar. Ele levantou a cabeça depois de alguns minutos e nos contou sobre coisas parecidas que aconteceram de onde ele vem, há quase trinta anos. Contou como seu pai foi morto nos matagais. Cantarolou o verso de uma canção que fez seus olhos brilharem:

Tirem as armas, as metralhadoras e as granadas de debaixo da palha
Ei, assassinos, com balas e facas, matem rápido
Ei, sabotador, cuidado com seu fardo: dinamite!
Somos nós que quebramos as grades da prisão para os nossos irmãos
Com ódio na bagagem...

Sua canção terminou com um soluço contido:
E a fome que nos move, a miséria

Apesar da tristeza do padre Bonin, ali na nossa frente, o estrangeiro tinha nos deixado atônitos. Com a nossa incompreensão. Com as nossas perguntas. Falava de um país que não conhecíamos. De pessoas que estavam distantes de nós. De sonhos que nunca tínhamos tocado. Ermancia e Ilménèse, e todas as mulheres do *lakou*, pensaram em suas mães. Nossas perguntas atravessaram a dor, a coragem e as lágrimas, nos deixando diante de um abismo.

É certo que aquele desconhecido não suspeitava de quão estrangeiro ele era. Mais estrangeiro que os Frétillon, mais estrangeiro que Toufik Békri, mais estrangeiro que o padre Bonin, que bebeu nas nossas canecas esmaltadas, comeu nas nossas gamelas e fez muitas outras coisas que ainda descobriríamos...

25

Dieudonné tinha doze anos quando Orvil decidiu que ele já estava grande o suficiente para acompanhá-lo em alto mar. Lá, bem diante da costa. Lá onde era preciso avançar com a última das coragens, aquela que fica quando a própria respiração, por alguns segundos, te abandona. Ele ensinaria ao neto como se manter com a força do pensamento. E a dos Invisíveis – Agwé, o primeiro; Lasirenn, sua esposa; Damballa, e Aida Wèdo. Ele nunca deixava a terra firme sem lhes avisar que estava chegando. Vulnerável, mas tenaz e sem medo. As roças já não davam mais muito, nem o mar. Mas Orvil gostava das saídas à noite, na frágil embarcação, depois de preparar tudo minuciosamente, o arpão, as iscas, e verificar os remos, as armadilhas e as velas. Também gostava de lembrar ao neto que: "A sorte, tu deve esperar, mas conte sobretudo com você mesmo." O dia avançava quando os dois se afastaram da costa, sobre um mar que ainda agitava seus pequenos espelhos sob o efeito da lua. A princípio, não viam os outros barcos, com seus mastros devorados pelas nuvens, só os descobriam por inteiro à medida que se afastavam da costa e que o sol, por sua vez, engolia as nuvens. Cada barco ia na direção da sua própria sorte ou perda, isso dependia. Depois de um tempo, Orvil abraçava o mar com o olhar que ensinou a Dieudonné o gosto pela solidão. Nessas ocasiões, este via os ombros poderosos do avô, os músculos salientes do pescoço e sua pele queimada, bronzeada de sol. Tão negra que era invisível. Com aquele homem taciturno e teimoso, ele aprendeu a nunca deixar escapar um bonito, uma sardinha, um peixe-negro ou uma cavala, mesmo depois de horas de luta. Aprendeu a nunca ter medo do mar aberto, contanto que pudesse ler o mapa celeste nas nuvens, no vento e nas estrelas. Sempre ouvia Orvil, no caminho de volta, dizer sobre o tempo em que o mar era generoso: "Eu pescava peixes duas vezes maiores que você." Dieudonné preferia a pesca aos trabalhos nas roças, que ele deixava para Ermancia, Cilianise e seus filhos, Nélius e os seus.

Dieudonné se arrependia de não ter ido à escola. Principalmente nos dias em que via Osias, seu companheiro de mar, de uniforme com os livros debaixo do braço. Ao olhar para o amigo, lhe parecia à sua maneira que Osias não havia ficado para trás. Que ele também tinha embarcado num imenso oceano. Com um horizonte tão infinito quanto aquele que seu avô Orvil tinha lhe oferecido. Ele prometeu a si mesmo que seus filhos não abandonariam nem o mar nem as roças, mas que iriam à escola. Ele lhes ofereceria a viagem que jamais pôde fazer.

E então Dieudonné cresceu sem que tivéssemos percebido. Pernas compridas e musculosas. Tão compridas que as roupas não lhe serviam mais. Fénelon tinha lhe dado duas de suas camisas velhas, e Ermancia encomendou duas calças no alfaiate de Roseaux. A voz ficou rouca, e alguns tufos de pelo cobriam as axilas e o púbis. Quando ele suava, soltava um cheiro de homem, de fera pronta para caçar, não querendo mais apenas segurar firme e forte entre as duas mãos o pássaro terno e doce no meio do ventre de menino.

No ano em que completava 15 anos, as colheitas queimaram. O rio Mayonne se transformou em um filete de água. Todo o campo ao redor foi devastado por uma seca inesperada. A fome assolava os mais pobres, os que não tinham nem parentes nem conhecidos nos países do outro lado das águas, nem parentes que tivessem usado o uniforme azul. Então, não foi nenhuma surpresa que a angústia fez com que uma jovem sobrinha de Faustin, o pai dos filhos de Cilianise, acabasse no *lakou*.

Louiséna, pequena para os seus 16 anos – dariam a ela uns 12 –, desembarcou como bagagem de Cilianise, escondida no porão de um navio de carga, quando Faustin saíra de Morne Sapotille, a alguns quilômetros a nordeste de Baía Azul, para ir a Miami. Louiséna deixou uma pequena caixa de papelão na frente da casa de Ilménèse. Ermancia e todas as mulheres do *lakou* a acolheram com alívio, na ideia de que as mais velhas poderiam descansar seus velhos ossos. Quanto às mais jovens, elas já estavam felizes em ver as suas tarefas se tornarem consideravelmente mais leves. Entre preparar refeições, lavar roupa, passar roupa e ser insultada, Louiséna parava apenas para desabar sobre os trapos que lhe serviam de cama, logo na entrada da casa.

Louiséna tinha um rosto rebelde, cabelos parecendo uma estopa e dois grandes olhos sempre prontos para se surpreender – olhos que ainda não tinham sido afetados nem apagados por tantas desgraças. Um dia, quando estava indo ao rio Mayonne para lavar roupas, Dieudonné a seguiu. Ele se abrigou atrás de um arbusto mais distante para observá-la estender a roupa à beira da água, colocar o pilão ao seu lado e passar sabão em uma pedra que cabia na palma da sua mão. Ela se sentou e, sem perder um minuto sequer, se debruçou nessa tarefa que a afastava de Baía Azul e das reclamações de todas aquelas mulheres. Dieudonné olhou nervosamente, várias vezes, para o talho que ele imaginava sob o tecido. Ele apareceu na sua frente e, pela expressão, Louiséna entendeu. Ela não baixou os olhos.

Excitado com aquele olhar, Dieudonné pediu para ver: "Uma vez. Só uma vez, tua *foufone*." As palavras da astúcia e do desejo saíram ásperas e doces da boca de Dieudonné. Tão doces e ásperas quanto o canto que dançava em suas veias e o fazia inflar. Louiséna respondeu com um sorriso travesso e o chamou de virgem, criança, *timoun*: "Não vou deixar um *mijão* como você brincar no meu jardim." Dieudonné não aguentou a provocação, ficou mais duro e a arrastou para trás dos *bayahondes*, a leste do rio Mayonne. Louiséna não ofereceu qualquer resistência. Foi ela que o pegou pela nuca e puxou para si. Quando, surpreso e feliz, ele entrou em sua quentura, se deliciou com seu ardor de potranca, mas muito rápido foi surpreendido por um gozo que lhe arrancou uivos. O primeiro gozo de Dieudonné.

Ele pegou gosto por esse jogo de adultos e o jogava várias vezes seguidas, até que um dia Cilianise, desconfiada da diversão, decidiu que Louiséna já tinha cumprido seu tempo em Baía Azul e, sem explicação, a mandou de volta para a fome e a miséria em Morne Sapotille.

Quando Dieudonné foi iniciado, ele já tinha proteção das ervas em um corte feito no braço esquerdo. Sabia que os Invisíveis e os *lwas* são maiores que a vida, mas não diferentes dela. E é porque viveram seus próprios dramas que são tão próximos de nós. Eles têm sede e fome, ainda mais do que nós, é preciso alimentá-los. São nossos espelhos para o presente e a estrela que nos guia ao futuro. Ele passou por todas as etapas, o *lavé tèt,* o *kouche* – o isolamento em um dos quartos – e o *kanzo,** até o toque do *asson.* E respondeu com obediência e alegria ao primeiro chamado de Agwé.

Dieudonné ouvia os ausentes falarem, seu tio Léosthène; Faustin, o homem de Cilianise; e a mais ausente entre os ausentes, Olmène, sua mãe. Um dia, um homem vindo de Porto Príncipe nos disse ter visto Léosthène na esquina de uma rua perto do Champs-de-Mars. Outro tinha afirmado ter falado com ele nos corredores de uma casa em Bas-Peu-de-Chose, e que ele tinha confidenciado sobre seu projeto de voltar a nós todos, rico e generoso. Nesse tempo ainda esperávamos algum sinal de Léosthène, mas ele não voltava nunca.

Por anos, Olmène também não nos deu qualquer sinal de vida. Ermancia falava com frequência da única filha, e Dieudonné tentava encontrar para ela um lugar em meio a histórias de morte, de mar, de criaturas estranhas, de furacões, de roças e de fome. Dieudonné às vezes sonhava com essa desconhecida que havia deixado um grande vazio entre a eternidade e ele. Um vazio que o impedia de se apoiar em qualquer coisa que fosse tangível, sólida. Depois sonhava

---

* *Kanzo*: iniciação que permite a uma pessoa não ser queimada pelo fogo.

com uma grande e bela dama, vestida de branco, que descia uma escada para vir falar com ele. E, toda vez que estava prestes a tocá-la, ela subia a escada, ágil como um anjo.

Um dia, um homem de Pointe Sable, voltando da República Dominicana, nos trouxe dinheiro em um envelope, alguns mantimentos e uma fita cassete, da parte da Sra. Alfonso. Se Olmène não tivesse enfiado a fita cassete no envelope, nenhum de nós teria feito a conexão entre ela e a Sra. Alfonso. Ermancia desmaiou ao ouvir, no aparelho de Fénelon, as primeiras palavras de Olmène, que nos falava com uma voz carregada de mistério: "Mamãe, Dieudonné, *pitite mwen.*" Desse dia em dia em diante, Dieudonné não foi mais o mesmo. Ele esperou a Sra. Alfonso dia após dia. Nós também, mas menos que ele. Menos que Orvil e Ermancia.

26

No caminhão que sacudia sobre o cascalho, alugado apenas para ele e sua bagagem, Léosthène se sentiu de repente invadido pelo medo. Um medo que o roía à medida que se aproximava de Baía Azul, aquele medo íntimo que transforma a alegria em cheiro ácido e pegava no caminho de volta os que partiram há muito tempo. Ermancia, Orvil, Olmène, Fénelon... Ele os veria novamente? Eles ainda estavam vivos? Esse remorso por tê-los abandonado o atormentava havia quinze anos. Quinze longos anos. No fundo da bolsa, ele agarrou firme entre os dedos a proteção que Orvil lhe havia dado e pensou nas últimas palavras de Ermancia naquela noite: "Volte, meu filho, não se esqueça de nós... *Tanpri*, eu te imploro."

Já passava meia hora desde o meio-dia, e a terra queimava sob o sol escaldante de julho. Léosthène olhava para a terra e para o mar. O mar refletia toda a luz em longos fachos sobre a terra-esqueleto. Ele não conseguia acreditar no que via: todo o campo parecia ter sofrido de uma doença longa e devastadora. Era como se uma mão maldita tivesse tomado conta de tudo, esmagado tudo e destruído tudo. "Jesus, Maria, José", ele repetia. "Jesus, Maria, José..."

O caminhão engolia os quilômetros com dificuldade, sacolejando nos pedregulhos pontudos. Léosthène tinha deixado Porto Príncipe ao amanhecer. Quando chegou ao morro Lavandou, Baía Azul se mostrou em sua totalidade. O motorista descarregou o caminhão e requisitou duas mulas para o resto da viagem. Desceram o morro com a perseverança que se esperava deles. Mal tinham parado nos portões de Baía Azul, à sombra de uma cabaceira, quando uma pequena multidão se reuniu ao redor deles.

Os mais jovens nunca tinham visto Léosthène. Cilianise foi a primeira a reconhecê-lo e avisar todo mundo. Ela gritou o nome dele para Ermancia, que se levantou na hora, deixando cair as ervilhas que ela descascava sobre a saia. Ermancia deu um grito comprido, saído do ventre. Ela dava à luz. Trazia ao mundo seu filho Léosthène pela segunda vez. E, depois, gritos por todos os lados. As mulheres ergueram suas saias e correram até a entrada do *lakou*. Os homens iam mais lentamente, com um sorriso de dúvida nos lábios. Ermancia não avançou nem recuou, ela desmaiou no mesmo lugar em que estava. Foi preciso esfregar um pouco de álcool nela para que voltasse a si.

Quando Léosthène perguntou de Orvil, lhe disseram que estava sentado na frente da casa dele; que andava com dificuldade, apoiado na bengala, mancando da perna esquerda por causa do joelho que se recusava a obedecer e, de vez em quando, empacava. Quando o filho se aproximou, Orvil colocou as mãos na frente do rosto, como uma viseira, apertou os olhos e, ao reconhecê-lo, não se mexeu mais, deixando as lágrimas escorrerem no rosto. Léosthène se ajoelhou aos seus pés e também chorou muito. Abraçava o pai e sentia, à sombra da pele dele, a morte que trabalhava fazendo seus ossos saltarem. Devorando a carne. Dia após dia. Um após o outro. O pai já estava leve como um anjo. Léosthène disse a si mesmo que logo a morte levaria Orvil para sempre e se agarraria a ele até que se tornasse um monte de pó e ossos, liberando sua alma para se juntar à Guiné. Mas, por enquanto, a morte parecia estar dormindo. E tê-lo esquecido. Ainda não tinha se mostrado. Orvil estava vivo. A ideia o agradava acima de tudo. A ideia da vida acima de tudo o agradava. Léosthène ria de gargalhar.

Todos, homens, mulheres e crianças do *lakou*, cercaram a casa. A grande árvore dos Lafleur estendia os galhos, e Léosthène tocava em todos eles, sentindo até a ausência de Olmène. Para além das cercas vivas de espinhos e dos piquetes de madeira, as crianças voltando da escola e as mulheres do mercado, todos paravam por um momento para olhar aquele homem, vestido como se fosse a um casamento ou batizado, com sapatos envernizados e um chapéu de feltro marrom. Os pais se encorajaram e começaram a cercar as malas, tentando adivinhar o que elas escondiam.

Por prudência, Léosthène mandou descer suas bagagens e não tirou os olhos delas. Quando, infelizmente, abriu a primeira delas, todos os tios, tias, primos e primas, com os olhos afiados como garras, estavam prontos para pegar, receber, puxar e empurrar: "Como é bonita essa camisa", "Esse sabão é tão cheiroso!", "Quero essa pasta de dente", "Essa calça me serve perfeitamente." Léosthène entendeu muito rápido que não daria conta. Ele deixou a mala e as caixas, enroladas em três voltas de fita adesiva e barbantes, na casa de Ermancia, e pediu que Dieudonné ficasse de guarda em torno daquilo que o grupo considerava um saque de guerra a ser dividido.

Mandaram Fanol e Ézéchiel, os filhos de Cilianise, avisarem Fénelon, que chegou ao cair da noite.

Diante da casa de Orvil e Ermancia, todos tinham uma história para contar esses quinze anos em alguns minutos. Os nascimentos, as mortes e as partidas. A terra esvaziada de seu sangue, de sua carne, mostrando seus *zo genoux*, o mar avarento, a erradicação dos porcos, a morte dos pequenos trabalhos, a praga do café, a das palmeiras e dos limoeiros, as roupas vindas de outros lugares, os roupões surrados das mulheres de Minnesota que aqueciam os ossos velhos no campo, as botas gastas dos cowboys do Texas para trabalhar nas plantações, como as usadas por Yvnel e seu filho mais novo, Oxéna, Fanol e Ézéchiel, os jeans, as camisetas e os tênis dos cinquenta estados dos Estados Unidos. Corria em cochichos o boato da má influência de Porto Príncipe, da *paille*,* que faz os olhos dos adolescentes das cidades brilharem em paraísos artificiais.

Léosthène queria conhecer todos que nasceram durante sua ausência, como que para se lembrar da teimosia da vida, e teve a sensação de que a árvore ainda tinha brotos generosos.

Quando perguntou o que tinha acontecido com o padre Bonin, contaram sobre sua precipitada partida de Baía Azul por razões políticas, e sobre a nossa surpresa ao descobrir, em Roseaux, um mulatinho bastardo com a mesma cara rechonchuda do padre Bonin. Léosthène riu alto e bateu nas coxas:

"Não! O padre Bonin?"

---

* *Paille*: nome dado à maconha.

E cada um quis em seguida contar a sua versão. Finalmente, Cilianise se levantou, pediu silêncio e disse que o pequenino se chamava Pierre, mas que todo mundo o apelidou de "Perdoável", como o pecado. As risadas de Léosthène ecoaram. As nossas também.

"E por quê?", perguntou Léosthène.

"Porque não acreditamos que o padre Bonin mereça apodrecer no inferno por ter sucumbido aos encantos de uma mulher negra de Roseaux."

E então, até bem tarde, à luz das velas a óleo de baleia, Léosthène deixou as horas felizes lhe atravessarem e a noite se prolongar, bebeu água fresca dos jarros, um *trempé* de anis ou chá de melissa, em canecas esmaltadas.

Para não matar os mitos, contou sobre uma Porto Príncipe e uma Florida dos sonhos e deixou as dos pesadelos para mais tarde. Quando, longe de todos os ouvidos, ele pôde falar com Fénelon e Nélius. A sós. De homem para homem. Evocou as circunstâncias da sua partida. Tinha conhecido Roselène, uma jovem vinda de Môle e que tinha pais em Miami. Foi morar com ela, e foi ela quem o tinha ajudado com a sua viagem para atravessar a fronteira.

"Miami?", repetiram em coro. "Está dizendo que está voltando de Miami?"

A família de Roselène o permitiu encontrar seu primeiro trabalho ilegal, na cozinha de um hotel em Tampa. Depois, os papéis dele foram rapidamente regularizados pelo patrão, que acabou apreciando sua empolgação no trabalho.

"Homens como esse encontramos só uma vez na vida. E eu tive essa sorte. Tive muita sorte mesmo...", repetia e dava detalhes sobre a sua Miami dos sonhos: autoestradas, geladeiras, eletricidade, prédios bem mais altos que três palmeiras uma em cima da outra... "E comida à vontade!"

Parou um momento e, olhando para todos aqueles olhos ainda pendurados em seus lábios, mediu o efeito de suas palavras. Decidiu terminar forte:

"E voltei de avião."

"De avião!", ficamos estupefatos. Foi então um Léosthène satisfeito que parou e tirou do bolso um maço de cigarros Marlboro. Ele acendeu um, com a consciência de que aquele gesto marcava uma nova distância, depois contou sobre todas as coisas, os assentos numerados, as comissárias – *mulheres belíssimas e maquiadas* –, os espaços sempre muito estreitos para colocar as bagagens acima de sua cabeça ou à frente dos pés, parecia que quem havia construído aquelas máquinas não tinha nem parentes nem amigos. Os formulários que você não consegue preencher porque não sabe ler nem escrever e que um vizinho de assento, a quem você não quer dar seu endereço ou data de nascimento ou número de passaporte, preenche para você.

"Tu nasceu com a bunda pra lua!", soltou Yvnel, com os olhos grudados nas primeiras estrelas no céu.

Enquanto as mulheres retornavam para suas casas sob o suave manto da noite, os homens ficaram com Léosthène. E, quando ficaram sozinhos, Léosthène contou a outra história, o pesadelo.

"A partida para Miami foi muito dura. Muito dura mesmo. Paguei um atravessador. O capitão, um homem pra quem dei dois mil dólares, não nos disse nada quando fomos embarcados. Se contentou em indicar com um gesto vago de mão a rampa. Como os outros, desci uma escada e mergulhei direto na escuridão. Quando ele viu que nós tínhamos entendido, ele foi até a traseira do barco e esperou que os mecânicos fizessem as últimas verificações. A rampa estava cheia de sacos de sal e uma água suja e parada no fundo. Uma vez que todos os passageiros estavam na parte de baixo, o capitão fechou o alçapão e nos encontramos numa escuridão profunda. Um túmulo, acredite em mim. Então ouvimos o motor roncar e dar a partida. E, como havia mulheres, o capitão e os dois assistentes se aliviaram com elas ao longo da travessia. Eles se contorciam só para tirar o cinto e baixar as calças, e grunhiam ao se enfiarem dentro delas. Depois subiam, e ouvíamos a respiração rouca e ofegante da jovem, como se ela tivesse acabado de escapar de uma rajada de metralhadora e procurasse recuperar o fôlego. Ao fim de alguns dias, a água do porão fedia a água parada, juta, suor, sêmen e virilha. Nós urinávamos e defecávamos na água, entre as ripas do barco. O cheiro cremoso e quente dos nossos excrementos voltava às nossas narinas lentamente."

Léosthène parou por um momento e colocou as mãos abertas sobre as pernas: "E, então, você tinha medo de morrer naquela mortalha quando o vento fazia o barco empinar e mergulhar. Quando as ondas batiam com violência na proa e o barco ficava quase na vertical sobre as oscilações, como se estivesse vencendo uma montanha, antes de mergulhar de cabeça e se lançar a toda velocidade para o fundo de um buraco. Nessa hora, a vontade é de descansar a cabeça como se fosse criança, nas palmas das mãos da mãe, cheias de estrelas e de sonhos doces, e de chorar lágrimas quentes, mas você se segura. Porque você é homem. Aí você chama por Agwé, Damballa, Ogou. Chama por todos. E aí chega um momento em que você se encontra num ponto que está além do medo. Além da vergonha. E você diz a si mesmo que, se passar por isso, não pode mais ter nem medo, nem vergonha. Nunca mais. Que você é coragem e perseverança. Quando a provação termina, você sente um tipo de poder. Por causa desse conhecimento de coisas que outras pessoas nunca passaram. Sim, é isso, poder."

Léosthène disse aquelas últimas palavras como se não falasse conosco, mas quisesse as engolir de repente e forçá-las para dentro de si mesmo.

Ele interrompeu a história porque não queria que as imagens voltassem e concluiu falando alto: "Mas, ao menos, não fui parar numa *beach* de brancos, seminu, com uma foto minha no jornal, ao lado de outros homens e mulheres com expressão de pavor. Isso não!"

Olhávamos para ele pensativos. Orgulhosos também. Léosthène tinha prosperado em outro lugar, com a força dos próprios braços, sem lesar nenhum de nós. A árvore não estava sangrando. Um galho tinha crescido mais do que os outros. E isso era tudo. Léosthène voltava ao seu lugar.

Morto de cansado, ele queria dormir na casa reformada de Orvil e Ermancia, e não na casa de Olmène, como havia sugerido Fénelon. Léosthène queria retornar intacto à sua infância. Dormir em uma casa envolta no barulho dos insetos, como se fosse um cobertor. Respirando o ar daquele quarto único onde sua inocência repousava. Dormiu pesado. Quando no dia seguinte a porta rangeu e o gancho caiu, ele viu a espuma subir ao longe. Explodir em jatos brancos. Estilhaços. Depois, atrás dele, a montanha que sempre parecia querer avançar para nos engolir.

27

Alguns dias mais tarde, Léosthène encontrou em Baudelet uma cidade em decadência. Baudelet não era mais a cidade que tinha sido. A mão do infortúnio tinha pousado sobre ela. Mas ele avaliou o caminho percorrido por si, Léosthène Dorival, camponês, filho de Orvil Clémestal e Ermancia Dorival, assim que pagou suas compras, relutante por princípio, mas sem pechinchar, com os olhos fixos na caricatura amarelada que ainda dominava o balcão, bem ao lado de uma fotografia do homem de chapéu preto e óculos de lentes grossas. A Sra. Frétillon o acolheu com um grande sorriso. A notícia do seu retorno se espalhava desde o dia anterior como um rastro de pólvora. Um descendente dos Lafleur tinha andado de avião. Ermancia, orgulhosa do filho, se encarregou de contar a todos e à Sra. Frétillon.

O declínio de Baudelet começou quando, por ordens do homem de chapéu preto e óculos de lentes grossas, fecharam o porto. Por medo dos ataques incessantes de todos aqueles que guardavam rancor dele por já terem perdido um filho, um pai, uma mulher ou amigos.

Aqueles que não se estabeleciam em Porto Príncipe iam ao encontro de tios e tias pelos quatro cantos do mundo, pois já haviam compreendido que sua salvação não se encontrava mais naquela ilha.

Milhares de homens e mulheres dos vilarejos, aldeias e povoados vizinhos abandonavam suas plantações devastadas, esqueletos de árvores calcinadas e rios esgotados, para se amontoar e inchar o ventre da cidade. A concorrência era parca e foi providencial para os Frétillon, que se aproveitaram desse vazio e encontraram nesse êxodo do campo clientes que fizeram deles novos ricos. Nas compras de alguns *gourdes* de *mantègue*,* três *gourdes* de sabão ou açúcar e dois sacos de pano, os Frétillon acrescentavam grandes combinados semilegais, ilícitos ou francamente criminosos que lhes permitiram acumular uma verdadeira fortuna. As conversas na varanda perderam o tempero. Mas isso pouco importava para a Sra. Frétillon, que não queria saber de histórias e gostava do homem de chapéu preto e óculos de lentes grossas. Este ou qualquer outro, mas este mais do que os outros, porque ela sentia que ele dava atenção à burguesia que antes era desprezada. Ela, a árabe, a imigrante que chegara com sua trouxa nas costas. Ela ficava duplamente exultante enquanto contava cada centavo ao fechar o caixa à noite.

Léosthène lançou um rápido olhar para o lugar da televisão, instalada bem na frente do balcão ganancioso. A primeira televisão de Baudelet. O casal Frétillon causara uma verdadeira comoção quando os passantes, a maioria camponeses recém-chegados da roça, descobriram embasbacados, pela primeira vez, essa caixa luminosa e crepitante que cuspia imagens. Em uma hora a multidão tinha crescido tanto que a Sra. Frétillon teve que recorrer ao serviço do seu irmão comandante, Toufik Békri, que rapidamente dispersou as pessoas com chicotadas para os mais dóceis e coronhadas de fuzil para os mais rebeldes, atordoados pelas

---

* *Mantègue*: banha de porco.

imagens que tremeluziam na caixa luminosa. E, para deixar as coisas mais claras do que já estavam, Fatmé Békri Frétillon aumentava o volume toda vez que uma orquestra, com sorriso nos lábios e cadência, tocava as canções inflamadas em louvor ao seu líder: "Esmague-os, Duvalier, esmague-os. *Maché pran yo Divalyé, maché pran yo.*"

Fénelon se apressou em apresentar Léosthène a Toufik Békri, no escritório de Toufik dentro dos quarteis generais dos homens de azul. Um miliciano sonolento, com as mãos sobre um fuzil bastante enferrujado, que deveria ser do tempo da ocupação americana, quarenta anos antes, se assustou com a chegada de Fénelon e Léosthène e se apressou em anunciá-los ao comandante. Toufik Békri, sem erguer os olhos do jornal, murmurou entre dentes: "Entrem, entrem." Depois, com um gesto brusco, colocou o jornal sobre a mesa bamba que lhe servia de escrivaninha, pôs os óculos escuros e examinou Léosthène da cabeça aos pés. Após alguns segundos de observação, perguntou-lhe em tom de interrogatório se ele não era um daqueles renegados sem pátria que, uma vez no estrangeiro, falam mal do país e do presidente. "Ah, não! Nunca! Jamais!", exclamou Fénelon. Léosthène não respondeu. Seu silêncio não agradou muito Toufik, que se virou para Fénelon: "Teu irmão, a diáspora, ele esqueceu como se fala crioulo ou o quê?" Léosthène cortou a conversa dizendo que estava cansado e com pressa. Toufik lançou a ele um olhar furioso, mortífero. O olhar levava tudo o que estava acumulado naquela breve troca e que não foi dito nem por um, nem pelo outro. Toufik retomou a leitura do jornal e fez um comentário que não deixou nenhuma dúvida sobre o que pensava: "Sorte a tua ser irmão do Fénelon."

Fénelon não estava contente com Léosthène e lhe disse isso logo que saíram: "Perdeu o juízo ou o quê? *Ou fou*? Tu vai embora, eu vou ficar aqui." Como resposta, Léosthène disse que sentiu, no ar que respiravam, nas ruas da cidade e pelo mercado, que Fénelon e os amigos começavam a ser odiados. Havia por ali o germe de uma agitação, o fermento do sobressalto. Ele tinha um mau pressentimento e podia ver ameaças reais. Fénelon não acreditou e respondeu que ficaria radiante ao ver chegar o dia em que Léosthène fosse embora.

No caminho de volta, Léosthène pensou em Bonal, seu avô, no antepassado *franginen*, em Olmène. Disse a si mesmo que de fato era a hora de partir novamente, mas que antes honraria todos os Espíritos e os Mortos do *lakou*.

Três dias antes de ir embora, Léosthène se levantou com os estilhaços alaranjados e róseos da alvorada. Dentro dos ruídos azulados e roucos do mar ao longe, a bruma pairava ainda entre as casas. Agachado, ele encheu cerca de quinze metades de coco com algodão, embebeu tudo em óleo de rícino e acendeu. Aqueles que ainda formavam os galhos da bela árvore dos Lafleur fizeram a viagem. Até mesmo Orvil, cuja nuca estava dura, cujo tronco se havia curvado e cujas pernas já não se dobravam mais. Ele, o ramo mais belo ainda vivo, honrou o conjunto de sua presença.

Érilien, velho e enrugado, chamado para a ocasião, benzeu as oferendas. Cilianise, Ermancia e Léosthène saudaram os quatro pontos cardeais e mexeram os lábios levemente, de olhos fechados, com uma vela na mão para invocar os deuses protetores, os Desaparecidos e todos os Invisíveis da família. As lágrimas não demoraram a escorrer por seus rostos, e Léosthène teve dificuldades para articular as últimas palavras. Um vento leve e fresco entrou por todos os seus poros, e sua carne e a terra se tornaram uma coisa só. Os ventos que provocavam os galhos nos diziam que eles, como nós, tinham resistido a tudo. Expostos à poeira das estações, à corrosão do sal, à passagem dos furacões, à lenta fermentação vegetal, ao furor dos homens, às chuvas torrenciais. Eles tinham resistido a tudo.

Acompanhado por Ermancia, Ilménèse e Cilianise, Nélius e Yvnel, Léosthène, ao lado do pai, Orvil, saudou todas as árvores onde os Espíritos da *habitation* dormiam, colocando aos seus pés a metade de um coco com sua chama dançante de óleo de rícino. A cabaceira, a laranjeira, a mangueira, o olmo, o açacu e a amendoeira... Ele saudou todas.

À noite, na casa, Léosthène se sentou de frente para Orvil, com Ermancia e Dieudonné um de cada lado. Abriu um envelope e tirou um pacotinho de notas, que colocou sobre as mãos da mãe. "Aqui está. É preciso fazer outra coisa, porque a terra não é mais fértil, nem o mar. Então, vocês vão construir um forno de pão. As pessoas comem pão todos os dias." Esse forno de pão nos transformou nos novos coveiros dos morros e das terras ao redor.

Na manhã de sua partida, Léosthène reuniu toda a parentada e distribuiu o que tinha em suas malas e caixas. Foi despojado de tudo. Mais um pouco e teríamos pegado a camisa que ele usava naquele dia. Deixou três rádios-transistorizados, um para Ermancia e Dieudonné, o segundo para Cilianise e seus filhos, e o terceiro para Nélius e os seus. As rádios comunitárias transmitiam todo tipo de informação sobre higiene e saúde, agricultura e educação, e passavam mensagens de uma comunidade para outra, de uma aldeia para outra, quebrando o isolamento dos pobres que existia aqui desde o início dos tempos. Os rádios eram bombas-relógio que entregavam notícias a quem pudesse compreendê-las. As vozes que saíam das emissões de Porto Príncipe falavam de toda a ilha e dos países do outro lado das águas. E aquelas vozes tinham tons de impaciência, liberdade, raiva e fogo que ainda ardia.

Uma vez instalado no caminhão que o levaria até Porto Príncipe, Léosthène olhou para trás mais uma vez e disse a si mesmo que talvez, no futuro, os dias de Ermancia e de todos os outros nunca mais teriam o peso exaustivo da servidão. Ao menos assim esperava.

O dia estava bonito. Léosthène, voltado ao olhar fresco da infância, virou as costas por um momento para as feridas da terra, suas cicatrizes profundas, e contemplou Baía Azul banhada em uma luz líquida, o céu e a água irradiando luz até onde a vista alcançava. Cada onda que quebrava espumando na areia morria em um filete de água brilhante. Os pássaros voavam sobre a crista das ondas, emergiam do mar e voavam novamente no céu seco.

28

O colosso pega seu celular. Ele repete cada palavra que ouve. O homem com um sapato só pede que não divulguem a notícia. Não divulguem. Sob pena de atrair juízes, policiais e jornalistas que vão meter o nariz onde não foram chamados: "Quem a viu primeiro? Quem a conhece? Quem a tocou?", eles falam todos juntos. Alto. Não se ouvem. Não se compreendem mais. Para a pequena multidão aglomerada ali, a questão do meu destino continua sem resposta até que uma mulher, que surge sei lá de onde, grita, depois de dois "Jesus, Maria, José" e um "Misericórdia": "Ela é de Baía Azul. É a filha de..."

A desconhecida procura um lençol. Para me cobrir. Ao se aproximar, não quer olhar para mim. Apenas estende o lençol ao homem de cardigã vermelho e volta. O homem pega o lençol. Ele está orgulhoso de conduzir as operações como um chefe. Coloca o lençol na areia e pede a dois outros que ajudem. Em três, eles me levantam e me colocam sobre o lençol. Pronto, vamos na direção de Baía Azul.

Arrasto comigo uns vinte homens e mulheres também agitados como se estivessem em uma cruzada como os carismáticos ou os pentecostais. Só faltava um pastor ou um padre para puxar um cântico ecumênico: "Deus todo poderoso, como sois grandioso!"

Mal tínhamos saído de Pointe Sable e ao longe vi chegar, de camisa marrom com manchas de suor debaixo dos braços, que eu conhecia bem, Émile, o professor da escola. Ele acelerou o passo, movido pela curiosidade. Parou o cortejo e todos se puseram a falar ao mesmo tempo. Impaciente, o professor pediu para ver. Se aproximou e se inclinou sobre mim. O olho dele quase tocou meu rosto. Gelou de estupefação. Fez o sinal da cruz três vezes e começou a berrar, voltando correndo na direção de Baía Azul. Não pude explicar nada para ele. Nada. Não pude. Não quero mais.

Me lembraria sempre da primeira vez que o professor Émile falou longamente sobre a Terra, que era redonda. Com uma laranja na mão, ele me perguntou como eu a via. Respondi que a laranja era redonda, mas que, atrás do horizonte, havia um grande buraco no qual cairíamos inexoravelmente. Ele baixou o braço, rindo de se contorcer. Depois me pediu para olhar bem para a laranja e começou a girá-la novamente, a rotação, a revolução, os equinócios e os solstícios. Exauriu-se novamente em suas laboriosas explicações. Eu as escutei, balançando as pernas no banco de madeira, com os cotovelos na mesa, o rosto sobre as mãos, certa de que nunca tinha sentido a terra se inclinar ou girar. Imaginando Agwé, Labalenn e Lasirenn tranquilas em suas ilhas sob as águas. Então eu acreditei no professor e ao mesmo tempo não acreditei. Como não acreditei quando ele disse para mim, Cocotte e Yveline que voltássemos, porque o vento ia aumentar, e que tínhamos que ter cuidado com os estranhos que vinham das cidades. Eu não acreditei.*

---

* *Labalenn*: divindade vodu da água.

29

Ao pensar que já tinha sua cota de alegrias e de tristezas, Orvil decidiu que o mais simples para todos seria que ele partisse. E foi o que fez, em uma manhã de maio de 1982, entre a pequena e a grande estação das chuvas. Agora ele se sentia insignificante diante de um mundo no qual sempre tinha se sentido impotente. Impotente, mas filho de Deus. Cego, mas confiante nas águas correntes, na tormenta e no grande furacão da vida. Sua impotência tinha se transformado, havia algum tempo, em lassidão. Não tinha mais força para esperar seus dois filhos que tinham partido Deus sabe para onde. Não tinha mais força para convocar os deuses. Disso estava certo. Ele queria estar junto deles. Lá onde estavam. Ao lado deles. Dormindo aos seus pés. Sentindo as mãos deles sobre suas feridas. Voltar à Guiné. Na primeira infância do mar. Nas luzes da alvorada que vemos, nas luzes das tempestades que não vemos à noite, nas luzes do coração das árvores e das plantas, aquelas intactas do *bon ange*, a mesma sempre, a única.

Estava prejudicado pelas dores e não podia mais se dedicar ao trabalho, cuja dureza e repetição lhe traziam ao menos uma forma de paz e o sentimento de ainda estar plantado neste solo ou de deslizar por um córrego de água. Andava a passos lentos, teimoso como as mulas que realizam uma tarefa com dor e precaução. Seu queixo estava caído por causa das gengivas afrouxadas pelo correr dos anos. Era só pele e osso, como se a morte o quisesse levar leve como uma criança, despido como um anjo.

Na véspera do dia em que tinha escolhido partir, Orvil adormeceu com toda a serenidade e, ao despertar, chamou Ermancia para o café, que ele bebia forte e adoçado com *rapadou*. Tomava golinhos sentado na soleira da porta da casa, esperando a saudação de todos: "Como passou a noite? *Figi a fré papa*? Está com a cara boa, é? *Kouman kò a yé*?" Quando os cumprimentos terminaram, Orvil pediu a Ermancia, com autoridade e carinho, que ela lhe preparasse um banho. Ermancia colocou a bacia esmaltada em branco com bordas azuladas no sol e macerou folhas de laranjeira, de *ti baume* e de graviola. Metido em um blusão de lã puído, Orvil esperou bebericando as últimas gotas de café, que preenchiam sua boca com uma doçura morna. Quando a água do banho esquentou, Ermancia o ajudou a tirar as roupas e a se sentar na bacia; com a mão direita, ela esfregou suas costas com sabão, vigorosamente, depois o peito e a barriga. Então, com a mão esquerda em concha, recolheu a água e derramou sobre o peito, a barriga e as costas de Orvil, tirando o sabão lentamente. Com doçura e um carinho infinito. Cantando uma canção que ele adorava. E ele, vinte anos mais velho que ela, ele que poderia ter sido seu pai, teve vontade de chamá-la de mãe. Como fazem os homens daqui quando se abandonam de verdade. Para ele, era o único jeito de dizer a ela que vivera algo de bom, de doce e de forte ao seu lado. "Você sabe, eu vou partir hoje. *Mwen pralé.*" E, quando ela respondeu pedindo que parasse de dizer besteiras, na verdade dizia que, mesmo que uma de suas esposas tivesse vindo ao portão um dia para insultá-la, não tinha importância. Ele agradeceu sem dizer nada pelos dois filhos que não eram dela e aos quais Ermancia enviava regularmente arroz, legumes e algum dinheiro como se fossem da sua própria carne. Quando ele repetiu pela terceira vez: "Vou partir, Cia. *Mwen pralé*", Ermancia lhe disse que, francamente, ele *estava dizendo aquilo* por causa de todas as preocupações, do mar avarento, da terra abandonada. Por causa de Olmène que nunca mais voltou. Por causa de Léosthène longe. Por causa de Fénelon também. Mas mesmo que a terra já não desse tanto e o mar também não, Dieudonné e ela iriam dar um jeito com o forno de pão e o pequeno comércio. Orvil não respondeu.

Depois do banho, ele foi dar um passeio descalço, com passos lentos e medidos, sentindo a paisagem, seu corpo estalando no vento. Apaziguado por não ter mais nada a fazer naqueles instantes a não ser contemplar o mundo e se deixar invadir pela luz. Tinha adquirido queimaduras de sol pelos dias no azul implacável do mar, sua mordida intratável nos caminhos tortuosos dos morros Lavandou e Peletier. Tinha cumprido seu tempo. Cantarolou baixinho um canto ensinado por seu pai Bonal e que, por sua vez, o pai de Bonal ensinara a ele, e que remontava a Dieunor, o antepassado *franginen*, que dizia que era preciso transmiti-lo e se aliviar antes de partir. Mas transmitir para quem?

Orvil interrompeu seu passo pesado e se surpreendeu ao dizer em voz alta: "Eu cumpri meu dever. Conduzi esse *lakou* com mão firme e justa. Não sei até que ponto protegi cada uma das pessoas desse *lakou* contra as noites, contra os maus ares e as sombras em nós mesmos. No entanto, outro deve continuar. Manter o sangue. Enquanto os *lwas* estiverem aqui, haverá algo a ser dado. A nós mesmos e aos outros. Tudo o que sei, aprendi ao nutrir os outros, doando. Léosthène não voltará, Fénelon não pode. Não, ele não pode e não deve. Dieudonné, quando chegar o momento, assumirá. É isso. Chegou a hora de partir..." E Orvil continuou seu passeio. Sempre aceitara o tempo nos caminhos. Nunca havia se perdido. De repente, sob a fraqueza do corpo, uma força imprevisível se apresentou desviando seus passos.

Ao fim do passeio, escorou sua cadeira no imponente *mapou* e se pôs a cantar novamente. Não respondia aos cumprimentos dos homens que voltavam da pesca. Nem dos que vinham das terras. Nem das mulheres que preparavam as refeições. Nem daquelas que iam lavar roupa no rio. Dissemos a nós mesmos que Orvil começava a perder seu juízo. Passadas três horas, Ermancia soltou um grito ao perceber a cabeça pendida, os braços soltos, o chapéu no chão. Orvil não era mais que um pedaço de pano solto, quase frio.

Cilianise, sentada no caminhão de "Deus altíssimo", num dos oito bancos ocupados por 56 pessoas que tinham ido até Baudelet, ouvia distraída a rádio comunitária. O motorista gritou, freando entre três cabritos e seis galos presos pelos pés, dois outros cabritos no teto do veículo, que o céu estava ficando nublado demais e que era melhor se apressar, "vamos, vamos". A tripulação se meteu a trabalhar, confusa como sempre. E entre o barulho do motor, a tagarelice das pessoas e os gritos dos animais, a rádio começou sua longa lista de mensagens: "Roselène, de Périchon, *pas bliyé*, não se esqueça, Macéna está esperando por você no trevo de Ti

Pistache para transmitir uma mensagem"; "André, Ismena está com febre alta e não virá ao mercado hoje, mas amanhã, se Deus quiser"; "Cilianise, de Baía Azul, volte depressa, *pa mizé*, Orvil está '*muito doente*'." Cilianise teve dificuldades de fazer a conexão entre seu nome, que vinha da parte da frente do caminhão, e ela mesma. Quando enfim compreendeu que era ela, deu um grito estridente e começou a chorar. Os 56 passageiros ajudaram-na a levar sua dor até o destino final.

Com Cilianise, Ermancia e Dieudonné, ajudamos a alma de Orvil a partir por completo. Nós a ajudamos a não se espalhar por tudo. A não deixar nenhum rastro. Na casa, sobre as árvores, nas plantações ou nos rios dos arredores. Ajudamos a ir intacta até a verdadeira morte. Fizemos tudo o que era preciso para que Orvil se encaminhasse tranquilo e sereno. Um *hougan*, trazido por Érilien, ajudou Agwé, seu *mèt tèt*, a se desligar dele. Ermancia cortou suas unhas e seus cabelos, que ela guardava em dois frascos para confiar suas mensagens aos Invisíveis: "Peça a eles que indiquem onde está Olmène, *tanpri*. Quando a encontrar, diga a ela em sonho que eu a amo. Que eu nunca a esqueci. E, então, cuide de nós. Das nossas plantações. Dos nossos animais. Do nosso comércio. Dos nossos barcos."

Foi o padre André, o sucessor do padre Bonin, que cuidou do funeral. O homem de chapéu preto e óculos de lentes grossas, querendo tornar o clero nativo, havia nos enviado padre André, que às vezes limpava sua arma bem em frente ao presbitério. Apenas para nos lembrar de que estava de olho em nós e que enviava a outros padres mais poderosos que ele – os quais enviavam ao homem de chapéu preto e óculos de lentes grossas – relatórios sobre as nossas eventuais insubordinações. Era a única coisa que importava para ele. Nunca lhe demos a oportunidade de fazer tais relatórios. Nem de matar um de nós. Por que ele havia se ordenado? Nunca soubemos. Talvez quisesse apenas matar a fome, sem preocupações com o dia depois de amanhã, e estar acima de algumas criaturas terrestres como nós. Nenhuma dessas questões nos impedia de lhe sorrir, de lhe agradecer com produtos das nossas roças e algumas galinhas ou aves outras, e de observá-lo secretamente.

O padre André não se surpreendia ao cruzar conosco pelos caminhos que levavam a Baía Azul, ziguezagueando, refazendo nossos passos, indo de um lado para o outro com o caixão de Orvil, só para perdê-lo no caminho. Para lhe tirar qualquer vontade de voltar para nos visitar antes de completar sua jornada. Ao ziguezaguear, refazendo nossos passos, indo de um lado para o outro, apagamos nossas próprias pegadas e éramos tão incapazes quanto Orvil de voltar.

Ilménèse e Cilianise assumiram o comando e ninaram os Invisíveis, esperando por seus chamados, suas mensagens e seus ensinamentos. Dieudonné ainda não estava pronto.

Com a morte de Orvil, toda a Baía Azul teve a sensação de que um mundo desaparecia. O velho mundo. Que Orvil nos deixava em uma confusão ainda maior e em uma desordem rastejante como uma serpente, espalhando-se como uma doença contagiosa.

30

Dieudonné encontrou Philomène Florival pela primeira vez na saída de Roseaux, num dia em que estava indo para o mato fechado de Nan Pikan a fim de vender a um *hougan*, apesar da proibição das autoridades sanitárias, um dos últimos porcos originários de Baía Azul. A princípio, Dieudonné não notou Philomène, só quando ela passou bem perto do mercado de animais. E, apesar de seu passo tranquilo e suas roupas bem-comportadas ao lado da mãe, Dieudonné notou seu corpo de potranca. De canto de olho, apostaria por tudo que é mais caro que Erzuli Fréda em pessoa dormia nos olhos de Philomène. Dormia, mas estava lá, sensual e caprichosa. Dieudonné estava certo disso.

Passou por ela uma ou duas vezes na loja dos Frétillon em Baudelet. Ela escolhia de dentro de potes de vidro botões de todas as cores para os vestidos que sua mãe costurava da manhã até a noite, pedalando numa velha máquina Singer: "Uma dúzia de botões grandes amarelos, *tanpri*, duas dúzias de pequenos e brancos, seis botões azuis, seis vermelhos, *mèsi*."* Quando ela se virou para sair da loja, sorriu para Dieudonné e se foi como se flutuando sobre melaço. Mas ela não era como essas jovens que, em Baudelet, agora usavam saltos *kikites* tão altos que mal conseguiam andar. Não, Philomène tinha escolhido permanecer como o bom Deus a tinha feito, redonda e suculenta como uma manga. Não usava nem pó de arroz no rosto, nem esmalte

---

* *Mèsi*: em crioulo haitiano, "obrigada/o" (*merci*, em francês). (N.T.)

nas unhas, nem batom nos lábios, e nenhum desses vestidos acima do joelho que fazem das meninas de hoje em dia verdadeiras *jeunesses*. Mas, sem nem perceber, ela pôde, pelo simples poder de sua presença, fazer com que o sol entrasse e saísse com ela da loja, o que deixou Dieudonné atordoado, plantado ali como um poste.

Na terceira vez que ele viu Philomène, numa Sexta-feira Santa, ela estava toda de branco, com um missal na mão, um lenço enrolado na cabeça, ao voltar cansada por ter percorrido as catorze estações do Cristo do Milagre do Calvário. Apesar das roupas largas dela, Dieudonné notou suas nádegas e seus seios, capazes de fazer erguer até os anjos mais recatados da vizinhança de Deus. Então ele se convenceu de que, por trás de seus ares de santa, sempre ao lado da mãe, sempre respondendo: "Bom dia, sim", "Por favor", "Até amanhã se Deus quiser", com os olhos baixos, ela o estava provocando. Não como uma *jeunesse,* ah, não, mas como uma diabinha, uma *riseuse,* atrevida. Sim, isso mesmo, ela o provocava. Ele, Dieudonné Dorival. Ele jurou a Fanol e a Ézéchiel que a teria e que ela seria sua mulher. Eles lhe garantiram que era um engano e que tal garota era fina demais para sua boca de camponês.

Vimos Dieudonné pegar dinheiro emprestado com Fénelon, comprar um grande saco de arroz e vendê-lo no varejo ao lado do comércio de Ermancia, cortar árvores nas terras abandonadas para fazer carvão e, graças aos benefícios vindos de todos os ventos e aos dólares enviados por Léosthène, o vimos abrir a primeira *borlette** entre Ti Pis-

---

* *Borlette*: loteria.

tache, Baía Azul e Roseaux. Dieudonné passava agora boa parte do dia com as orelhas coladas no rádio para ouvir os números sorteados. Ele acabou conhecendo de cabo a rabo o *Tchala*, o grande livro de interpretação dos sonhos, que dá a cada um deles um número. Essa expertise fez sua reputação ir muito além de Baía Azul. Bastava que o cliente lhe contasse o que tinha visto em seus sonhos na noite anterior: "Eu corria, perseguido por um boi de três chifres, então caí e quebrei o dedinho do pé." Dieudonné, sem sombra de hesitação, respondia "o boi de três chifres é catorze, a queda é 22, e 54 pelo dedinho quebrado." Entre dois clientes, ele jogava dominó numa mesa arrumada para esse fim, na frente de sua *borlette*. Ali onde o encontravam homens que, cansados da terra e decepcionados com o mar, esperavam os envelopes de Miami, das Bahamas e de Guadalupe ou das Ilhas Turcas e Caicos, e o emocionante e maravilhoso acaso dos números antes de dormir para sonhar novos sonhos.

Dieudonné juntou economias tantas e tão bem que, uma manhã, ele parou Philomène no caminho para Ti Pistache e lhe ofereceu três balas de menta, que ela aceitou sorrindo. Ao cair de uma tarde sem luz de setembro, ele lhe pediu permissão para um pequeno atrevimento. Então, ela o levou pela mão até uma casa isolada não muito longe de Ti Pistache. Lá, ela o guiou com a outra mão errante por entre suas coxas grossas e carnudas. Agarrou sua nuca, suas costas, e Dieudonné entrou fundo nela, arrancando-lhe um longo gemido. Dieudonné não sabia de onde vinha aquele doce furor de Philomène. Não, não sabia. Mas aproveitou tudo como um esfomeado que recolhe cada migalha sob a mesa. Todas as migalhas.

Dieudonné construiu numa velocidade estonteante uma casa ao lado da casa de sua avó. Quando instalou a porta e as janelas, Ermancia e Cilianise viram chegar uma jovem mulher que já estava no terceiro mês de gravidez.

Dieudonné pegava com frequência Philomène, voluntariosa e silenciosa, na mesma vertigem incandescente. Em Philomène ele encontrou várias mulheres, a doce, a corajosa e a serena. E Dieudonné as queria todas. O contentamento agora existia em toda a casa. Em todos os cantos. E então as crianças nasceram e os dias se passaram, todos iguais, o tédio lhe roendo as entranhas. Philomène acabou passando a maioria dos dias costurando com uma agulha e depois pedalando na velha máquina Singer, herdada da mãe. À noite, ela se abria doce para as sementes de Dieudonné. Sementes que ele distribuía também a algumas jovens negras, pelos vilarejos das terras do interior. Philomène, a primeira entre as mulheres, criou apenas dois meninos e duas meninas. Seu caçula morreu no parto e a segunda filha de uma malária mal curada. Ninguém soube exatamente a cor e a forma das crianças que ventres outros trouxeram ao mundo.

Algumas mulheres se sentiam mal por Philomène. Outras desejavam sua morte, por um acidente ou uma doença. Uma delas, com quem Dieudonné tinha dois filhos, a agrediu perto do mercado, vociferando ameaças contra quem havia tirado dela o pão. Em um acesso de raiva, Philomène puxou seu vestido com tamanha brutalidade que o tecido se rasgou, deixando seu colo e seus dois seios expostos aos clamores das mulheres e dos espectadores.

Outra, mas audaciosa que todas as demais, decidiu ir até Baía Azul. Cilianise ajudou Philomène a impedir a intrusa. Ela agarrou a enorme bola que era sua barriga e avançou como um furacão em seu decote, cuja cor e estampa destoavam de sua saia e de seus cabelos, que não estavam penteados. A intrusa fugiu, e nunca se soube a causa do ataque.

Constatando que nenhum ferimento, nenhum incidente nem qualquer doença alcançou Philomène, outra mulher, que se dizia poderosa, decidiu dar uma ajuda ao destino: espalhou por um dos caminhos que Philomène percorria regularmente, momentos antes de sua passagem, um pó que faria suas pernas incharem e a mataria com dores atrozes. A *matelote* abandonou a luta quando Philomène, sobre suas duas pernas longas como palmeiras, apareceu novamente grávida de Dieudonné e trouxe ao mundo Éliphète e, onze anos depois, Cétoute Olmène Thérèse.

31

Alguém me matou. Disso tenho certeza. É por causa dessa dor que persiste no meu pescoço. Disso tenho certeza, não duvido mais. Alguém me matou antes de fugir para os bayahondes, *para longe, subindo a colina. Sou Cétoute Olmène Thérèse, a filha mais nova de Philomène Florival e Dieudonné Dorival.*

Olmène porque Dieudonné, meu pai, queria que sua mãe revivesse em mim. Ele a viu num sonho, três dias antes de eu nascer. Dizem que eu tenho os olhos dela e o sorriso também. Dieudonné, meu pai, queria que eu substituísse a mulher do sonho, que descia de uma longa escada presa nas nuvens. Sempre senti falta desse elo na corrente. Uma falha entre mim e a eternidade. Sempre senti que, por toda a minha vida, estive à beira de um precipício. Que nas minhas costas soprava um vento lúgubre e escuro.

Thérèse porque minha mãe, Philomène, nunca esqueceu a história de vida de Teresa de Ávila, louca por Deus, que lhe foi lida quando fez catequese. Não que ela me quisesse louca, mas que eu fosse atravessada pelas vivas luzes que nela tinham se apagado quando foi viver em Baía Azul.

Cétoute porque minha mãe queria acima de tudo que eu fosse a última. Cétoute. Isso é tudo. Acabou. Para não cumprir mais a promessa de dez ou quinze filhos que se aninham bem no fundo do ventre das mulheres daqui.*

Me chamam de Cétoute. Aquela que as pessoas estão acostumadas a não ver. Vim tarde demais. Em um ventre cansa-

* Em francês, *c'est tout*. (N.T.)

do, já prometido a certa esterilidade. Nesse esquecimento, fiz para mim uma vida selvagem e feroz, confiando toda a minha loucura ao mar. Isso antes de Jimmy. Antes da escola. Antes do avião e do incêndio.

E lá estava eu, jogada na areia. Entregue à vigilância de um vilarejo inteiro. Quatro homens me carregam neste lençol branco. Cada um segura uma ponta. E aqui estou eu, balançando ao acaso de seus passos, de um lado para o outro.

Cedo pela manhã, depois de ter bebido seu café, minha mãe esticava tranquilamente os pés na renda negra das algas, dava um suspiro, depois se sentava com as pernas abertas como uma vaca enorme e esperava. O que ela esperava? Nunca saberei. Mas, como ela, eu prometi a mim mesma que manteria meus olhos bem abertos. Para surpreender o que o mar esconde sob seu manto de sal e de água. Seus mistérios de espuma e os sonhos úmidos e violáceos de minha mãe Philomène. E foi olhando para o céu, perguntando ao oceano, com a alma atormentada por sua estranheza, que aprendi a amar as extravagâncias, as turbulências e a beleza do mundo.

Com minha irmã Altagrâce e meu irmão Éliphéte, esse gosto pela água começou bem cedo. Entre os trabalhos da casa e os do campo, nós tentávamos nadar imitando os movimentos precipitados dos cães que se debatiam na água. Espremíamos areia em nossas mãos para fazer pãezinhos e casas de barro. Mesmo com nossos dedos dormentes e batendo os dentes, nós ainda ansiamos por essas imagens de faíscas e espelhos do mar. Muitas vezes nos deitamos na areia, o mar lambe nossos pés, e rimos com arco-íris nos olhos e grandes pássaros nas mãos. À noite, dormimos com o corpo, o rosto e as mãos cobertos de sal.

Abner não tem medo de nada. Um fim de tarde, ele decidiu que ia me mostrar a noite apesar de todas as reclamações do meu pai e da minha mãe pedindo que entrássemos. Do lado de fora, o barulho dos insetos se espalhava intensamente. Eu amava os coucouyes[*] *que voavam como pequeninas estrelas. Eu amava a voluptuosa cobertura da noite. Estou na noite como estou na carne de Philomène. E então, um dia, senti o frio da lua no meu ventre de menina como se fosse um banho. E nunca mais esqueci.*

Abner é bem maior que todos nós. Ele é o único que me acompanha na noite. Que toma comigo esses banhos de lua. Que experimenta a beleza selvagem e o mistério violento da noite.

---

* *Coucouyes*: vagalumes

32

Padre Lucien era de Cayes. Ele substituiu o padre André numa manhã de julho. Padre Lucien pertencia à Pequena Igreja, aquela que não queria mais receber ordens nem da Grande Igreja, nem do Palácio. Supervisionava toda a região com fé e obstinação, visitava os fiéis em suas casas, em suas roças, suas lojas ou *borlette*. Era o jeito dele de estender, pelos cinco vilarejos das redondezas, os tentáculos do partido dos Desvalidos, que começava a tomar forma. E, como nós éramos desvalidos, nos tornamos um alvo.

Num sábado de dezembro, quando padre Lucien se preparava para receber os militares de Porto Príncipe para uma importante reunião, Fanol e Ézéchiel foram lhe encontrar, pegando os caminhos do campo a fim de evitar passar por Roseaux e, principalmente, por Fénelon. Nós saberíamos depois, mas não ficaríamos nada surpresos. Havíamos notado como os olhos de Fanol e de Ézéchiel brilhavam, fazia alguns meses, como os de crianças felizes que contemplam seus sonhos. Essa febre alta e repentina também não poupou Cilianise, a mãe deles. Nós os observávamos e eles sabiam disso.

Terminada aquela missão, Fanol e Ézéchiel tinham gastado toda a sua energia para convencer Dieudonné, Oxéna e Cilianise a os acompanharem a uma reunião no presbitério. Yvnel, por sua vez, havia recusado categoricamente.

"Quem quer nos ver?", perguntou Dieudonné, cético.

"É, quem?", ecoou Yvnel.

"Homens e mulheres honestos."

Dieudonné e Oxéna caíram na gargalhada.

"Vocês já conheceram políticos honestos?"

"Sim. Esses aí."

"Ah tá. Sim, claro. Para nos dar um *clairin* e nos fazer gritar enquanto dançamos ao som de alguma música. 'O país é seu, *péyi a sé pou ou,* tu faz dele o que quer! *É yan é yan...*'"

Mas seus argumentos acabaram por arrancar nossa grossa casca de desconfiança. Dieudonné, Oxéna e Cilianise capitularam e aceitaram se juntar a Fanol e Ézéchiel, que, depois de escutarem o padre Lucien por quase três anos, tinham aprendido a não querer mais aquela vida que era a nossa, feita para nós que somos pobres desde o começo do mundo. Com a ajuda de dois cooperados alemães do serviço humanitário, padre Lucien tinha construído duas fontes de água entre Roseaux e Baía Azul, tinha aumentado a escola e o dispensário, ajeitado um campo de futebol. Nós mantínhamos as fontes, a escola e o dispensário, mantínhamos o campo de futebol e, do mesmo modo, mantínhamos padre Lucien, que era definitivamente um dos nossos. Então nos convencemos a ficar quietos, para que a novidade não chegasse aos ouvidos de Fénelon ou de Toufik Békri.

E aí, com a ajuda dos sermões do padre Lucien e também dos rádios, todos acabamos ficando meios ressentidos com o homem do chapéu preto e óculos de lentes grossas. Com seus amigos, seus homens de uniforme azul, seus cúmplices, com as pessoas que, afinal, não conhecíamos. Em uma sala anexa ao presbitério, padre Lucien cumprimentava todos os presentes, outros padres e freiras da Pequena Igreja, agricultores e pessoas com cadernos debaixo do braço, gravadores e óculos que diziam muito sobre seu desejo de nos conhecer melhor do que nós mesmos. Nada do que éramos deveria lhes escapar. Eles estavam atentos e se mostravam exageradamente humildes. Então fizemos o papel daqueles que eram observados e fingimos não estar sendo. Padre Lucien nos convidou a todos para nos sentarmos em círculo, e os recém-chegados se sentaram entre nós. Dieudonné, Oxéna e Cilianise pensavam que era uma espécie de manobra. Mais uma. Estávamos prontos para nos proteger do novo ataque, fingindo que prestávamos atenção, para melhor evitar o golpe, fazendo de conta que escutávamos, mas ouvindo apenas um refrão distante. Nesse jogo, não havia ninguém mais forte do que nós. E o padre Lucien sabia disso. Então, ele não mediu esforços para falar crioulo, devagar, com sotaque de camponês, com inflexões que eram as nossas. E fez mais. Tanto e tão bem que às vezes se tornava crível e afetado, borrando nossa desconfiança com uma grande nuvem opaca.

Grudados uns nos outros, nós tínhamos ouvido boa parte das palavras dos militantes do partido dos Desvalidos, que, com seus cadernos e anotações, sua grande fé e seus pés nus em sandálias empoeiradas, nos descreviam por detrás de seus óculos uma felicidade rara e extravagante. Aquela que os Mésidor ou os Frétillon, ou todos aqueles que se pareciam com eles, nunca nos deixaram ver. Eles lançavam críticas inflamadas contra aqueles que tinham exterminado nossos porcos para nos vender outros mais frágeis e caros, e os príncipes loiros chegados dos Estados Unidos. Contra aqueles que nos tinham asfixiado com taxas e impostos de todos os tipos. Contra aqueles que tinham exterminado todas as nossas profissões sem nos deixar nenhuma outra escolha a não ser cortar árvores.

As palavras fortes e mágicas derreteram nossa grossa casca de dúvidas. Quando nos anunciaram que os eventos estavam em progresso e que logo a dor não apenas desapareceria, mas daria lugar ao fermento da esperança, acreditamos em tudo. Por segundos. Semanas, talvez meses. Acreditamos. Vai saber porquê, mas acreditamos em tudo. Principalmente porque, durante dias, semanas e meses, Fanol e Ézéchiel repetiam e repetiam que com o partido dos Desvalidos poderíamos finalmente escolher nosso destino. Fomos levados como eles por uma estrada cujas curvas e descaminhos pensávamos poder antever, no entanto não avançávamos, mas recuávamos. Os contornos daquilo só veríamos depois. Depois que os dados estivessem lançados. Muito tempo depois.

Algumas semanas mais tarde, sob o disfarce de uma grande reunião pública de rezas, houve um encontro expressivo na praça de Baudelet, nas barbas dos militares e dos homens de azul. E, dessa vez, a descrição da felicidade vindoura foi amplificada por um megafone. Os cânticos para Jesus, Deus, Maria e todos os santos ressoaram com força em nossos ouvidos, estávamos eletrizados. Nunca Cilianise deu tanta voz a um canto. A pequena Altagrâce, caçula de Dieudonné e Philomène, também. E as vozes dos padres, encorajadas pelo entusiasmo crescente da multidão, lançavam promessas em meio aos berros de touros. A Sra. Frétillon nos olhava, aterrorizada, e chamou seu irmão para assistir àquele evento inédito: o despertar dos camponeses.

Quando chegou, Toufik Békri não reagiu, sabendo que o desfile contra o partido dos Desvalidos já estava pronto. E a tranquilizou: "Espere um pouco e verá!"

Naquele mesmo dia, o partido dos Ricos tinha decidido fazer uma reunião em uma das ruas perto dali para distribuir alimento. Boa parte de nós não resistiu à atração de sacos de *arroz Miami*, de farinha França e de grandes caixas de leite em pó. As lojas de Baudelet bem como as casas fecharam suas portas rapidamente. Na memória viva de homens e mulheres, não havia lembrança de tal comoção na cidade. Aqueles que nos olhavam, por trás das janelas ou das cortinas fechadas, o faziam com estupefação, como se nos enxergassem pela primeira vez. Por causa dos anos de desconfiança e de miséria que estavam incrustrados nos nossos rostos. E que faziam com que observássemos o mundo com uma curiosidade aguda. E que às vezes nos faziam olhar para eles com uma malícia igual à nossa fome. Eles não nos reconheceram.

Os espectadores, os vendedores ambulantes ou de barracas, os carregadores, todos se juntaram a nós. Mulheres gritavam na correria, tentando agarrar um saco de arroz. Fanol e Ézéchiel se foram com um saco cada um, Cilianise com uma grande caixa de leite em pó. Altagrâce e as outras crianças foram pisoteadas quando abriram as mãos para pegar a farinha que caía dos sacos rasgados pela multidão ensandecida. A coisa toda virou um frenesi. A distribuição virou um tumulto. As brigas começaram... A onda de famintos que éramos foi quebrar nos caminhões. E logo as mulheres tiveram seus lenços arrancados e os homens suas camisas rasgadas, seus cabelos salpicados de arroz e seus rostos branqueados de leite em pó.

Com medo e surpreendidos pelos acontecimentos, os milicianos atiraram. Uma. Duas. Três saraivadas. Dois homens e uma criança morreram na hora com os tiros. Mulheres desmaiaram em meio à confusão que se seguiu. Então surgimos na estrada nacional, pela primeira vez sem que fosse para um *rara*.* Sem um rei momo. Sem estandartes.** Sem *majò jon*.*** Sem *vaccines***** e sem tambores. Só nós. De mãos vazias. Pés descalços. Com os olhos aterrorizados. Como uma horda do mortos-vivos. Os últimos *taps-taps****** aceleraram com seus passageiros amontoados nos bancos. Seguimos até o lugar onde a noite, como uma grande boca, devora a estrada. Saqueamos as lojas e roubamos os poucos passantes que ficaram por ali. Ateamos fogo e queimamos tudo por onde passamos.

E depois voltamos para nossas casas, tarde da noite, em meio às sombras, para ouvir, coladinhos ao rádio, os locutores de Porto Príncipe gritarem que a terra ainda não estava plena e que os deuses ainda estavam sedentos. E que em Baudelet houve excessos e eventos sanguinolentos. Pela primeira vez, falavam da gente em Porto Príncipe, como logo falariam em uma dezena de outras cidades.

---

* *Rara*: carnaval que começa depois da Quarta-feira de Cinzas no campo.

** *Drapeaux*: estandartes com lantejoulas e cores vivas que simboliza as divindades protetoras do *lakou*.

*** *Majò jon*: aquele que no *rara* faz malabarismos com um bastão ou uma cruz de quatro braços de mesmo tamanho.

**** *Vaccine*: instrumento de sopro fabricado com bambu.

***** *Tap-tap*: veículo de transporte comum.

Então, muito rápido, em apenas uma noite, tudo aconteceu. Pois era preciso que aquela imobilidade fosse despedaçada. Que a porta das esperas fosse aberta de um golpe brutal. Novas forças se misturaram à noite e se converteram à causa dos Desvalidos e daqueles que se consideravam inocentes. Porto Príncipe, a grande cidade, queimou numa insurgência tranquila. As labaredas altas e vermelhas se erguiam em plumas como flores desabrochando. Os facões reluziram. Os cânticos enfraqueceram e se transformaram em um burburinho de sílabas. O infortúnio parecia querer se quebrar contra os dentes da noite. E aqueles que o haviam gerado batiam-se contra suas próprias sombras. Nós os ouvimos gritar o nome de suas mães, enquanto inocentes quebravam garrafas em suas cabeças, os perseguindo, e eles caíam diante do furor dos facões sem fio. Os corpos foram queimados vivos com pneus bem amarrados ao redor dos pescoços, e as velhas acusadas de bruxaria, linchadas lá e cá. A noite havia sido longa, permeada pelos chamados de *lambi** crivadas de rajadas surdas. E o peito foi inundado de um rum quente.

Em Baía Azul, nós acordamos naquela manhã de fevereiro de 1986 com o mesmo brilho dos primeiros reflexos do sol sobre a água, o mesmo despertar cantante dos galos, a mesma dureza dos dias comuns. Apenas um pouco mais atentos, à espera da felicidade prometida. Mas esperávamos isso. Ermancia teve aquele mesmo sonho, com chamas cercando seu filho Fénelon. Dieudonné decidiu acender *liminin*** para os *lwas*.

---

* *Lambi*: concha marinha utilizada como instrumento musical pelos camponeses.

** *Liminin*: ritual de oferenda ou objeto ritual, geralmente com velas, usado para honrar ou invocar os espíritos (*lwas*).

33

Em pé, diante das grades fechadas da loja dos Frétillon, Fénelon arregalou os olhos quando um amigo lhe contou que a linhagem do homem de chapéu preto e óculos de lentes grossas partira durante a noite. Fénelon havia saído de Roseaux cedo pela manhã e se dirigido até a caserna em Baudelet para receber instruções do chefe da milícia, sem saber que Tufik Békri tinha cruzado a fronteira durante a noite. E que Tertulien Mésidor já estava na clandestinidade e, disfarçado de mulher, se preparava para a qualquer momento seguir o mesmo caminho na noite. Nenhum dos dois o tinha avisado. Nenhum.

"Não é verdade!", Fénelon gritou para o amigo que havia discretamente lhe dado a notícia, para que ele se escondesse. "Não é possível", Fénelon disse ainda, incrédulo, sem desconfiar nem por um instante de que a multidão já estava de olho nele.

Passadas algumas semanas, a notícia da derrota fez seu caminho e chegou a Baudelet. Fénelon havia simplesmente decidido não ouvir os rádios. Não ouvir aquela propaganda mentirosa. Não ouvir aquelas palavras subversivas, ainda por cima irreais. Contudo, espancou até tirar sangue e pôs atrás das grades dois donos de *borlette* que, sob o pretexto de ouvir os números ganhadores da loteria, celebraram bem diante dele, para todo mundo ver, a notícia da queda e da derrota. Ao lembrar o incidente, Fénelon quase sussurrou para si mesmo: "Exatamente. Dei uma surra neles, de tirar sangue. Uma lição para desencorajar todos aqueles que pensavam em fazer como eles." Talvez falasse consigo mesmo para encobrir o rumor que crescia às suas costas. Ao seu redor. O rumor da multidão silenciosa, que logo faria uma procissão até ele. Os homens mais jovens já estavam embriagados pelos aromas magnetizados daquela manhã de tempestade. Os lábios de um jovem mecânico tremiam. Era um militante do partido dos Desvalidos vindo de Porto Príncipe que sempre passou fome. Sua violência vertida em metal puro. Era um daqueles que queriam liquidar alguns milhares de caras sujas em praça pública. E aí que um cara suja estava bem na sua frente. Um verdadeiro cara suja. Naquele momento preciso, no partido dos Desvalidos, não havia tempo para perdoar. Perdoar ali, naquela hora, com o ódio quente como um coração na palma da mão? Não, não poderiam. Porque o ódio fazia bem para as pessoas. Ele consolava como uma fé em Deus. Não se tinha mais tempo para julgar. Era matar.

Alguém na multidão chama Fénelon pelo nome. E, pela primeira vez, esse nome conhecido tem uma sonoridade nova. O nome lhe invade lentamente o peito, o corpo inteiro, penetra nas profundezas da sua vida e lhe dá um peso que ele não conhecia até então. Como se de repente toda a sua vida coubesse naquelas sílabas. A voz acrescenta:

"Fénelon, tu vai morrer!"

Um grupo de homens surge do mercado e barra sua passagem. A multidão tinha aumentado em raiva e número porque os preços estavam subindo há algum tempo, uma vez que a seca fora difícil. Porque as crianças estavam morrendo de dengue, de falta de cuidados. E porque fazia anos que Fénelon havia lhes plantado um medo interior. Uma raiva imensa que esperava em cada um desses homens e em cada uma dessas mulheres emergiu. Queriam extirpar a raiva como se arranca um dente podre.

O padre Lucien, ao sentir a fera crescer em cada homem e em cada mulher, até fazer daquela multidão um grande animal, se interpõe e grita: "Quem nunca tiver errado que jogue a primeira pedra!" A primeira pedra sai de uma banca à esquerda e atinge Fénelon no peito. Um golpe capaz de derrubar um asno. Em choque, Fénelon perde o equilíbrio. Ao tentar se levantar, uma segunda pedrada o derruba. Os insultos vêm de todos os lados, junto com as pedras. Na multidão, há até quem ri. Um riso indecente, cruel, capaz de fazer o sol se esconder. Mas o sol ainda está lá, e Fénelon não pode mais vê-lo por causa do sangue que escorre de suas pálpebras.

Fénelon está atormentado. Não consegue entender. Está sendo puxado por todos os lados. Pela direita. Pela esquerda. Para a frente. Para trás. Sua camisa de um azul intenso está rasgada. Os botões já se soltaram. Fénelon limpa o sangue do rosto, do peito. Treme. Tem medo. Quando recebe um segundo golpe no rosto, a visão se turva. Sente que a contagem regressiva começou. Vai morrer. A dor é atroz. O sangue que escorre se mistura ao suor e o cega. As pessoas chegam de todos os lados. Alguém toca tambor, então um canto improvisado toma o peito das pessoas e se mistura aos gritos, aos cantos dos caminhoneiros, dos carregadores, dos camponeses recém-vindos das plantações, dos comerciantes nas bancas. O sangue faz o coração querer bater mais forte. As pessoas se acotovelam para ficarem na primeira fila. E então os socos vêm secos. Toda essa gente se aglomera em torno de Fénelon, todos querem fazer parte da grande festa de bater. Fénelon recebe um golpe tão forte que acredita que sua cabeça vai estourar. Então, junta suas últimas forças e toma uma estranha decisão, a de se erguer e avançar. A cabeça talhada e o sangue escorrendo pela nuca. Para onde? Ele mesmo não sabe. Há tempos desistira de lançar invocações que lhe permitiriam passar ileso pelos sete círculos dos temíveis e terríveis exércitos. Ou de chamar Toufik Békri ao resgate. Não, ele não fugiria. Ele daria um passo de cada vez, uma maneira de não morrer ajoelhado, ele, que havia humilhado tantos homens e mulheres por quilômetros afora.

Uma mancha escura se desenha em sua calça, no meio das pernas. A multidão ri. Tampa o nariz e o insulta ainda mais. Fénelon gagueja e fala como uma criança. Ranho e sangue saem do nariz dele. As pessoas lhe dizem que ele ainda não viu nada.

E então alguém chega com uma corda. Ele é amarrado como um porco e suspenso num caminhão. Quando o facão lhe corta o ombro direito, não há mais como avançar. Fénelon cai e, na queda, atinge os pés de um jovem camponês que, com um chute, lhe esmaga as escápulas. Sua visão fica completamente turva. Fénelon só tem tempo de ver cintilar a lâmina do facão que arranca seu pé. Sua carne, os ossos, o crânio e o coração agora são apenas um amontoado de sangue na lama. A própria terra parece beber de seu sangue.

"Vamos acabar com ele!"

Então três homens correm para procurar um pneu. O mecânico pega um bloco de cimento e deixa cair displicentemente sobre o crânio de Fénelon.

A multidão se reúne em volta do cadáver e, e na falta do que fazer, insulta Fénelon. O mecânico desliza um pneu velho e cerca seu corpo. O cheiro de gasolina sobe, e logo o do corpo e do pneu queimando.

A notícia chega a Ermancia algumas horas depois. Ela levou dias chorando seu filho, se abandonando como uma afogada nas águas saturadas do sal de suas lágrimas. Deixando-se consumir pela verminosa presença das lembranças doces e terríveis daquele seu filho. Sim, terríveis. Que se misturavam e se misturavam sem fim... Passava horas imóvel, como se quisesse se parecer com o cadáver do filho, que ela amava à revelia de todos. Esse amor cego e desmedido das mães. "Por que Fénelon?", ela repetia. "Por que ele e não Toufik, não Tertulien? Por que o meu filho? E somente o meu filho?" A morte de Dorcélien, alguns dias mais tarde, queimado vivo com seu colar de pneus bem amarrados no pescoço, reforçou a amargura e a raiva dela contra o mundo.

Ermancia se apagou como um desenho em que passamos uma borracha, como se Dieudonné não tivesse lhe dado quatro netinhos: dois meninos e duas meninas. Ela morreu aliviada alguns anos depois do nascimento de Cétoute, a última. Cétoute se parecia com Olmène, tal e qual. A semelhança não substituiu a ausência de Olmène ou a morte de Fénelon. A semelhança a consolou.

34

Muitas vezes, para esquecer que, em Baía Azul, a vida tem duas âncoras amarradas aos pés, eu vinha até as pedras da praia para olhar as ondas se formando e quebrando, para respirar por todos os poros e me impregnar de iodo e algas, dos aromas acres do mar, que deixavam na alma uma estranha mordida.

Mesmo quando o mar se tornou essa placa luzente, plana, a se perder no horizonte, eu abandonava as terras queimadas para ir olhar o mar, até meus olhos secarem, até serem cegados.

Mesmo quando o vento nordé *rugia por dias e noites a fio, eu ouvia até estremecer sua voz quebrando nos rochedos, eu sentia seu gosto tantas vezes, seu hálito salgado no meu rosto.*

E, depois de um ano, outubro chegou ao fim, e a minha infância também. Eu soube disso quando uma ferida, desconhecida para mim, sangrou na tarde da véspera de um furacão. Me senti estranha. Eu tinha calor. E frio. Quando vi o sangue escorrendo pelas minhas coxas, me inclinei para ver onde estava o machucado. A partir daquele dia, meus sonhos com o mar se preencheram de um ruído longínquo de saltos agulha, bem linda, bem maquiada, *como as mulheres da televisão do diretor da escola, professor Émile. Agora eu sei como são os meninos. Também sei sobre a coisa proeminente plantada bem no meio do corpo deles. Eu sei que tenho um corpo que completa o deles...*

Eu amo o mar, seu mistério. De tanto examinar o mar, sempre acreditei que um dia acabaria fazendo emergir acima da espuma toda a coorte daqueles que dormem no oco de sua barriga, em leitos de algas e corais. Aqueles nas vias navegáveis, seu caminho oceânico em direção à distante Guiné, com Agwé, Simbi e Lasirenn os escoltando.

Meu pai dizia que todas as vozes dos Ancestrais e dos Mortos, mesmo daqueles que chegaram há muito tempo nos porões dos navios, ainda sopravam na vegetação marinha, subindo às vezes na superfície das águas, como rumores misturados na noite. Nos porões, não se podia distinguir o dia da noite. Nenhum dos nossos sabia se o navio avançava para o horizonte ou estaria prestes a afundar nas profundezas da água. Não tampavam mais o nariz por causa do cheiro de vômito e nem evitavam fazer as necessidades. Um choro, uma canção, lágrimas vinham romper o murmúrio ininterrupto de centenas de homens, colados, ombro a ombro.

Meu pai dizia que os marinheiros, por não saberem muito bem separar o sonho do cansaço, acabavam perdendo a cabeça. Ele contava que as embarcações zarpavam para a morte acreditando estarem zarpando em direção ao horizonte. Corpo lançado no turbilhão das ondas, queimado de sal, cegado pelo sol até a vertigem. Os homens viam passar revoadas de pássaros no céu e acreditavam ouvir, em seus gritos, as vozes de Lasirenn, de Agwé e de Labalenn. Então morreriam com o sol na outra metade do céu.

Depois de tanto interrogar minha mãe e Cilianise, elas acreditaram mesmo que eu podia ver o que os outros não viam. Que eu tinha um dom em meus olhos. Só que eu ape-

nas procurava o rosto de Olmène, minha avó, para preencher um vazio entre mim e o espaço escuro do mundo. E acreditei em sua aparição, ainda acredito. Como creio no mistério da Imaculada Conceição de Maria, nas sete faces de Ogou da tia Cilianise ou no fato de que todos os corpos mergulhados na água sofrem uma pressão de baixo para cima... Na escola, o professor Émile levou três longos dias para nos explicar. Eu acredito em tudo isso e em muitas outras coisas.

Dieudonné quis que Abner, Éliphète, Altagrâce e eu fôssemos para a pequena escola em Roseaux e, depois, para a escola grande de Baudelet. Ele não tivera a oportunidade de estudar. Eu, a última, aproveitei o modo que progrediam e fiquei bem mais tempo que eles todos na escola grande. Mas Abner, apesar de tudo, continua sendo o maior de nós. Me lembro que, um dia, ele tinha acabado de voltar das aulas da noite, dadas por pessoas benevolentes cujo nome ele não nos dizia. Dois meses depois, ele propôs ao nosso pai, Dieudonné, que se inscrevesse em um curso de alfabetização.

Uma tarde, meu pai chegou em casa com um lápis, um livro e um caderno debaixo do braço e chamou Altagrâce com autoridade. Por meses ouvimos Altagrâce o fazer repetir na frente de casa: "M-A-N, MAN, G-A, GA, MANGA." Apesar dos risos das crianças que, nos primeiros dias, faziam uma roda jocosa e curiosa ao redor da casa, repetindo em coro o alfabeto com ele, Abner ajudou nosso pai a seguir em frente. E, assim, meu pai aprendeu a decodificar a bela noite das palavras. Eu mesma, uma ou outra vez, o peguei querendo ir mais rápido que a luz e inventar coisas, como as crianças diante de palavras novas. Ele me pareceu tão frágil que, numa noite, dentro do amor que eu tinha por ele, chorei. Mas eu já estava em outro rio. Estava em terras estrangeiras.

Abner tem cabeça boa. Ele exerce sua inteligência ao dizer mais rápido, antes de todos nós, o que deve ser feito. Em todas as ocasiões. Talvez ele nem formule respostas em sua cabeça. Elas já estão lá, em seu sangue, esperando.

35

Depois de todos esses anos de luta, de acirramento, de resistência, o partido dos Desvalidos ia de vento em popa. Tanto e tão bem que, no dia em que o profeta, líder do partido, tinha que visitar Baudelet, nós nos levantamos ainda no escuro e percorremos o caminho com tochas e o coração batendo forte. Fomos tomados por uma curiosidade nova. Queríamos, ao menos uma vez na vida, saber.

Chegamos entre os primeiros e fomos instalados nas fileiras perto do palco. Se os mais ansiosos eram os militantes da Pequena Igreja, os mais numerosos eram os indigentes, os desempregados e, sobretudo, os jovens, que não perderiam aquele evento por nada no mundo. Estávamos arrepiados, nossos olhos brilhavam, nossos lábios tremiam. Os outros, os que não tinham sido tocados pela graça, diziam a si mesmos que, se não podiam se vestir ou se calçar adequadamente nem comer para matar a fome, ao menos teriam um espetáculo excepcional e gratuito que, quem sabe, lhes reservaria algumas surpresas. A multidão estava fascinada e gritava o nome do profeta, nós gritamos junto dela com toda a força dos nossos pulmões: "*Profeta, pai, nosso líder.*" Cilianise tinha colado uma foto do profeta no peito, assim como Fanol e Ézéchiel. Oxéna e Dieudonné se contentavam em erguer os braços para o céu a cada palavra dele, que misturava muito habilmente pimenta e mel, a lâmina cortante do facão ao edredom mais macio. Nós engolíamos gulosamente as palavras que saíam daquela boca que, como as nossas, dizia tudo sem dizer. Como o profeta era forte! A parábola da rocha que corria pela água e que teria que conhecer as dores e o sofrimento como quem queima no sol terminou o encontro numa apoteose.

Depois da reunião, a multidão se dispersou sem pressa. Algumas pessoas, como Cilianise, gritavam de alegria sozinhas ou em grupos. Os jovens improvisaram um grupo musical com tambores e *vaccines*, todos se puseram a dançar como no carnaval. Outros iam em silêncio, como Oxéna. Alguns, como Dieudonné, tentavam com dificuldade ficar um pouco mais sóbrios a cada passo para recuperar os sentidos. Muitos, como Fanol e Ézéchiel, não queriam se liberar do feitiço que o profeta havia lançado sobre eles. Todos nós achamos difícil retornar à mesquinharia e à monotonia de nossas vidas cotidianas. Algo iluminou nosso olhar. Esquentou nosso sangue.

E queríamos guardar essa coisa por mais tempo. Nós a alimentamos, apesar dos mortos e dos feridos, até instalarmos o profeta no Palácio Nacional. Mas, quando chegou ao Palácio, o profeta se transformou em uma coisa que estranhamente se parecia com o homem de chapéu preto e óculos de lentes grossas. A lenda de que a cadeira era amaldiçoada se provou verdadeira. Bastava se sentar para ser possuído por uma divindade sem fé e sem lei. Com o passar dos meses, a semelhança se tornava ainda mais impressionante. A máscara não escondia mais o rosto do homem de chapéu preto e óculos de lentes grossas. O profeta foi e voltou com uma escolta americana. Com a segunda ocupação, a paz que não era paz se confundiu com uma guerra que não chegou a eclodir. Não tínhamos mais *dokos* nem onde nos refugiar. Até os *dokos* em nossas cabeças tinham desaparecido. Estávamos mais nus que nosso antepassado Bonal. Gran Bwa Ilé parecia impotente para guiar nossos passos. O desastre se tornou banal.

Como muitos daqueles que tinham feito fortuna com o homem de chapéu preto e óculos de lentes grossas, a Sra. Frétillon se tornou intocável e ganhou um lugar de conselheira incontornável do profeta. Vai entender! A poderosa Sra. Frétillon multiplicou novamente seus ganhos, enquanto seu irmão, Toufik Békri, garantia a segurança secreta do Palácio. Eles se aproximaram da grande mesa do banquete e nos deixaram com nossos sonhos, como seixos que descansam nas águas claras que correm por verdes bosques. Quando a Sra. Frétillon retornou para Baudelet sob a proteção da Igreja dos Pobres, para organizar uma grande reunião de oração, nos fizemos as mesmas perguntas que Orvil fez quando Bonal morreu, as mesmas perguntas que Ermancia fez quando Fénelon morreu. Perguntas sobre caça e caçador, os esmagadores e os esmagados. Sobre quem é pobre desde sempre e continuará pobre até que ressoem as trombetas do Juízo Final. Mas nós fechamos os olhos e até rezamos e cantamos com um fervor que deixou perplexa as autoridades – as quais, apesar de novas, eram antigas. Rezamos com um osso atravessado na garganta e o gosto do sonho na boca, uma bala de gengibre que se recusava a derreter.

Dieudonné voltou à fornalha de pães com a energia redobrada, recolhendo a lenha que a cada dia deixava esqueletos calcinados de árvores no alto das colinas. Abandonou a terra, e suas saídas para o mar se tornaram raras. Yvnel se amargurou com a imagem daquela terra ingrata sobre a qual se debatia debaixo de um sol que lhe chicoteava o lombo. Philomène não costurava mais, gostava de ficar de joelhos com os dedos doloridos de tanto rezar o terço com as irmãs carismáticas, implorando a ajuda de Nossa Senhora do Perpétuo Socorro, padroeira do Haiti.

Altagrâce ajudava Cilianise na loja, e, como duas cúmplices, elas cuidavam de cada detalhe para preparar o casamento de Cilianise com Ogou. Como aprendera com seu pai, que tinha aprendido com Bonal, Dieudonné jejuou, se deitou no chão para ouvir o coração da terra bater e fez abstinência da palavra e dos prazeres da carne a fim de preparar a vinda de Ogou às grandiosas núpcias.

36

O casamento da tia Cilianise com Ogou foi a festa mais linda da minha infância. Fazia muito tempo que a tia Cilianise cultivava esse amor por Ogou. Muito tempo mesmo. Ao lado da cama dela, tinha um quadrinho de São Tiago Maior, ereto sobre seu cavalo branco, sabre na mão, atacando. Ela gostava da imagem daquele homem. Valente. Corajoso. Forte.

Faustin, o pai de Fanol e de Ezéchiél, morrera ao lado de sua concubina quando voltou de Miami. Ele estava exausto e tinha dado todas as suas economias a Cilianise, que soubera esperar. Então, quando morreu, tia Cilianise não quis mais homem nenhum de carne e sangue. Enquanto estava grávida de Faustin, se nutria do gosto da ausência. E Ogou acabou tomando aquele lugar.

Tia Cilianise tinha feito um grande investimento para aquela união: seu vestido vermelho era magnífico; e o altar de Ogou, suntuoso, com comidas, bebidas e lenços de um vermelho vivo enrolados em facões. O serviço foi longo porque Ogou brincava com a paciência da tia Cilianise, que durante três horas não se mexeu de sua cadeira, colocada diante do altar, bem ao lado de uma cadeira vazia. Sua paciência era pura. Tia Cilianise sabia que um deus é um amante caprichoso. Então ela esperou. Essa era mesmo a sua função. Esperar. Seu juízo já a tinha abandonado como uma roupa apertada demais. Ela seguia, louca e nua, por um caminho conhecido apenas por ela. Eu só a compreendi muito tarde. Tarde demais. E às minhas custas.

Dieudonné foi sacudido várias vezes por um leve tremor. A incorporação o pegava de surpresa, e ele resistia todas as vezes fechando os olhos, dando tapas na testa com a palma da mão, como se quisesse acordar. Voltar à superfície de sua própria consciência. Ele perdeu o equilíbrio, titubeou, recobrou o equilíbrio com a ajuda de Fanol, depois de Yvnel e se manteve firme. Ao seu entorno, os cantos e os tambores já tinham iniciado a os versos para chamar o esposo. Ele reivindicou a garrafa de clairin, se sentou e ressuscitou a chama. Os tremores se tornaram tão violentos que Dieudonné foi como que lançado, pernas e braços pelos ares. Então, num movimento totalmente contrário, ele se manteve ereto como uma palmeira, os olhos mirando o vazio. A intensidade dos cantos foi redobrada:

M'achté yon bèl manch't pou Papa Ogou o
Yon boutèy rhum pou Ogou Féray o
Yon mouchwa rouj Papa Ogou o
Eu comprei um belo facão para Ogou
Uma garrafa de rum para Ogou Féray
Um lenço vermelho para papai Ogou

Ogou tomou a postura do guerreiro que marcha com gestos amplos dos braços. Uma jovem hounsi *lhe alcançou o facão sagrado e lhe amarrou o lenço vermelho no pescoço. Ele pediu* clairin *seco e um charuto. Então, ficou andando de um lado para o outro na sala, girando o facão para todos os lados, desafiando um perigo invisível e dezenas de adversários. E do nada ele parou, lembrando-se da razão de estar ali. Vi-*

sivelmente, ele procurava a prometida. Alguém na multidão gritou para ele: "Papai Ogou, sua prometida está ali. Pronta. É só se virar."

Ogou sé ou min m
Ki min nin m isit
Pran ka m, pran kam
Ogou, é você
Que me traz aqui
Tome conta de você, tome conta de você mesmo

Ogou se juntou a Cilianise na cadeira diante do altar, e Julio, o Pè Savann* *que sucedeu Érilien, oficializou o rito com toda a pompa. Cilianise prometeu recebê-lo como uma mulher recebe um amante e colocou uma aliança no dedo.*

As núpcias da tia Cilianise reconciliaram Baía Azul com seus sonhos antigos. Aqueles de sempre. Sonhos nos quais as promessas da água doce dos rios desaguavam em córregos que se projetavam com toda a força no mar até a Guiné.

Desde então, Ogou ocupa o centro da vida de tia Cilianise. "Ah, Ogou, você é um garoto de confiança", ela amava dizer. Ele sorria para ela sozinha, ausente, era seu único companheiro, seu amigo, seu amante. O mais fiel, o mais doce, o mais valente. Ela sorria para aquele busto de brumas que ela preferia a qualquer homem de carne e osso. Só tinha trocas com o Misterioso, o Invisível, o Anjo, o Santo. Esperava-o certas noites, se vestia como se fosse a um baile, se perfumava

---

* *Pè Savann*: auxiliar ritual que prepara o altar e ajuda o sacerdote ou a sacerdotisa nas cerimônias.

como se fosse para a cama. Esperava-o com a alegria violenta de quem recebe seu marido. Depois de cada encontro, Ogou a deixava com sua ausência, como um cobertor voluptuoso. Tia Cilianise nunca soube falar disso. Ela não dizia nada. Ela ria. Ogou havia acorrentado sua língua. Tinha tomado posse de todas as suas palavras sobre o gozo. Suas palavras passadas, presentes e futuras.

Mais tarde, eu me perguntei se apenas nomeá-lo não seria um chamado ao gozo. E eu, Cétoute Olmène Thérèse, gostava daquele ímpeto da tia Cilianise por um homem ausente que era cem vezes mais presente que todos os outros. Talvez ela tenha escolhido Ogou porque ninguém tão perfeito quanto Jimmy aparecera em seu caminho. A primeira vez que vi Jimmy, eu a entendi.

Mãe e Altagrâce evitavam todos os serviços e escolhiam a porta estreita da virtude entre as irmãs carismáticas, ficando com bolhas nos dedos e arranhando os joelhos nos degraus das igrejas. Eu estava realmente me machucando querendo Jimmy. Eu fingi que o rejeitei com a mesma veemência com que ele estava me procurando. Seu olhar me tocou como uma fruta madura. Coloquei-o em jejum quaresmal. Uma longa Sexta-feira Santa. Com pão seco e água. Qual de nós é a presa? Qual de nós é o caçador? Não sei. Arrisco-me num jogo que não conheço. Um jogo que me encanta. Sentado na entrada do Blue Moon, Jimmy olha para o mundo com os olhos semicerrados em sua cadeira inclinada. E sempre começava com muita algazarra, num turbilhão de poeira.

Talvez Jimmy tenha me dado apenas os restos, que comi na palma da sua mão. Jimmy me jogou as migalhas. Me fez brincar com fogo. Passei dias e noites esperando o olhar de um homem indiferente. Por que, em determinado momento das nossas vidas, sentimos a necessidade de brincar com fogo? De esfregar nosso juízo na loucura? Por quê? Eu brinquei com fogo. E eu também esfreguei meu juízo na loucura. Do meu jeito.

Com o olho direito, vejo o mar. Olho para ele à vontade. Ainda mais agora que os quatro homens pararam no caminho. Apesar da brisa matinal, eles estão suando. Enxugam as testas. O homem atarracado tira o cardigã vermelho. Tomara que um cão vadio não venha pousar seu focinho úmido bem perto do meu rosto. Para me cheirar.

Na noite do furacão, ninguém ousou olhar para o lado do mar. Ninguém. Eles tiveram medo demais. Todo um vilarejo caminhando no medo e na chuva. Mesmo quando o sol começou a despontar timidamente, eles preferiram olhar para o lado das colinas que recaem sobre Baía Azul. Todos, exceto Abner. Abner é o mais corajoso de nós. De todo modo, eles não viram quando me fui, nem quando o mar se fechou sobre mim como a pedra de um túmulo.

37

Quando era grande o bastante, Abner também quis nos atrair para um mundo que não existia. Um mundo que os novos vendedores de milagres fizeram brilhar para ele ver. Um mundo cujos contornos ele começava a esboçar na própria cabeça. Abner só tinha a palavra "desenvolvimento" na boca. Desenvolvimento para cá. Desenvolvimento para lá. "Se vocês cortarem as árvores, não tem desenvolvimento. Se vocês plantam na terra café, feijão, a terra vai se esvair, e nada de desenvolvimento. Se vocês defecarem nos rios, não tem desenvolvimento." Nós plantávamos feijão embaixo e café no alto, cortávamos árvores e defecávamos na água. Ele acreditou que a chegada ao poder do profeta, líder do partido dos Desvalidos, mudaria tudo, e nós mudaríamos com tudo isso.

A raiva de Abner foi à altura de sua decepção. Mas, um dia, ele parou de olhar o mundo com amargura. Não sabíamos de onde ele tinha tirado aquela coragem, mas a tinha encontrado. Ele cavou um poço, experimentou algumas sementes e organizou uma cooperativa. Toda uma comoção na qual seu irmão Éliphète não acreditava. Éliphète não acreditava em muita coisa. Com Abner, houve explicações e mais explicações, sempre as explicações, para nos descrever esse tal mundo que era enfim desenvolvido e extravagante de felicidade.

Jean-Paul, um descendente dos Mésidor, e François, um sobrinho da Sra. Frétillon, tinham chegado à liderança de uma equipe que daria início a um ambicioso programa de irrigação de terras e colocaria em pé a cooperativa. Chegaram com as mesmas sandálias que os homens e as mulheres do partido dos Desvalidos usavam e o mesmo chapéu de palha. Jean-Paul às vezes andava descalço, apenas para oferecer às suas solas imaculadas e lisas uma chance de se machucarem. François perguntou o que comíamos, como nos organizávamos com nossas famílias, quais eram nossos métodos de cultivo. O outro não parava de andar pelos cinco vilarejos dos arredores querendo organizar a cooperativa. Ou então dava a volta nas planícies e colinas para compreender de onde podia vir a água e se ainda era possível encontrá-la sem ter que cavar muito. Fez reuniões e encontros na zona rural e algumas vezes em Porto Príncipe. Abner voltava cada vez mais transformado. Ele se sentiu realmente um líder no dia em que, depois de uma reunião em que tinha pedido a palavra, foi convidado para ir à casa de Jean-Paul, em Laboule. Lá, bebeu uísque, um rum de rico, e ouviu uma música tão calma como o sussurro de uma mulher.

Os anos se passaram, iguais. Entre os dois resultados dos números da loteria, todos os dias, Dieudonné nos deixava a par do que aprendia nas rádios. O profeta tinha transformado os famintos, os pobres e desventurados como nós em grupos organizados e armados até os dentes, com os quais não era bom se meter. Os Brancos vinham ver esses grupos, achavam que eram de heróis do Velho Oeste, guerrilheiros, e gostavam dos seus nomes de guerra: Jojo-mort-aux-rats, Hervé-piment-piké ou Chuck Norris. Nomes que davam arrepios na espinha. Nomes que sugeriam que esses homens poderiam fazer deles sua próxima refeição. Mas esses Brancos adoravam emoções fortes. Então, escreviam artigos para jornais e os filmavam para assustar outros Brancos que estavam longe e os assistiam na televisão. Nós também os vimos na televisão em Baudelet entre duas partidas de futebol. Por alguns segundos, dizíamos a nós mesmos que ainda era bom viver em Baía Azul, Roseaux ou mesmo Baudelet. E não em Porto Príncipe.

Um dia, quando Fanol veio de visita a Baía Azul, Abner e ele brigaram muito. Fanol defendia seu emprego de quinta categoria numa repartição e negava que aquilo que sobrava do magro bolo era repartido descaradamente. Que o apetite de todos era bem elevado e que, ao passar por aqui, tinham levado a cobertura e três quartos do bolo. Que pessoas desapareciam para sempre. Que outras morriam cravejados de balas por desconhecidos. Eram sempre desconhecidos. Que alguns desses que desapareciam reapareciam depois porque seus parentes pagavam. Fanol negava tudo. Oxéna e Yvnel o encorajavam a negar para não ter problemas.

Mas também se falava baixo sobre uma nova dádiva milagrosa. Branca como a farinha da multiplicação dos pães de Jesus. Os aviões aterrissavam à noite para entregar essa dádiva. Ou as largavam do céu em pacotes. Terras inteiras foram devastadas apenas para esse cultivo.

Em seu caminhão alugado de um homem de Roseaux, Éliphète havia visto muito do país e ouvido um tanto de conversa entre Baía Azul, Roseaux, Baudelet e Porto Príncipe. Ele disse, num dia em que estava muito inspirado, que milagres não aconteceriam. “O único milagre virá do céu e será envenenado. Porque é o diabo que nos enviará isso em asas metálicas. As asas metálicas cruzarão o céu. E essa dádiva, comeremos sentados sobre pedras em chamas, sob um céu seco, no meio dos últimos cactos e *bayahondes*, no meio de discotecas, 4 × 4 reluzentes, bandidos, libertinas de salão e fuzis AK47." Fez um gesto com os dois braços contra o peito para nos mostrar que eram armas mortais. Éliphète estava certo.

"O mundo é um lugar difícil. Ou tu dá teu jeito, ou tu morre", concluiu. "Eu não vou morrer", Cétoute gritou. Ela tinha só doze anos. Não sabíamos de onde aquele grito tinha vindo. Ele a tinha pegado de surpresa. E nós todos rimos. Então Cétoute foi ficar com sua mãe e as irmãs carismáticas no estreito corredor na entrada da casa. Rezou três Ave-Marias com elas para esquecer por um momento das terríveis e prodigiosas surpresas que a vida reservava para aquele tempo e lugar.

38

Numa manhã de abril, um 4 × 4 novo engolia quilômetros e quilômetros, fazendo as pessoas de Porto Príncipe virarem a cabeça quando passava. Nas cidades e nos vilarejos, nossos olhos tentavam segurá-lo como garras. Quando o 4 × 4 atingiu o cume que parecia ser o último do mundo, Baía Azul se revelou completamente ao olhar de Jimmy. O mar era uma pedra luzente a perder de vista, colocado ali para refletir toda a potência do sol, como se a terra condenada estivesse presa entre duas fatalidades: queimar ou ser engolida. Jimmy observou as aldeias como se fossem pequenas bolhas na areia. Purulentas. Nauseabundas. O motorista se lançou num longo lamento sobre essa terra que, sem pudor, mostrava suas tripas e cicatrizes. Abandonada por todos. Jimmy permaneceu surdo e indiferente a cantilena chorosa e irritante do motorista, a quem ele pediu, depois de um tempo, que se calasse, porque estava calor. Jimmy queria pensar sozinho. Sem as muletas de um homem cuja opinião não contava. A desordem era ainda maior do que ele tinha imaginado e não era para desagradá-lo. Não mesmo. A desordem fazia parte dele, era sua respiração, sua água e seu céu. Ele esfregou as mãos com um largo sorriso nos lábios, para grande surpresa do motorista, que tinha visto a rendição do homem de chapéu preto e óculos de lentes grossas e dos uniformes azuis, a escalada do partido dos Desvalidos com seu profeta, seus homens e mulheres de boa lábia, os quais, em poucos anos, se tornaram mais ricos do que as pessoas do partido dos Ricos e que tinham os mesmos facões afiados e as mesmas Uzis crepitantes.

O motorista se perguntava o que poderia fazer seu passageiro sorrir: "Senhor Jimmy, é como na Bíblia, fica difícil, nos dias de hoje, separar o joio do trigo."

"Deixo esse trabalho para Deus", Jimmy respondeu. Assim, o motorista resolveu falar sobre a chuva e o bom tempo, sem nem mencionar o alto custo de vida e muito menos a desolação dos campos. Ele não pregou nem fez inimigos e entregava o pouco espírito que lhe restava a Deus, todos os domingos e todas as quartas-feiras, no jejum da igreja da renovação pentecostal.

"Elas funcionam como as autoridades do local?"

O motorista deixou escapar quase com alguma ênfase:

"Gente muito séria."

E, depois de ter repetido três vezes com insistências o "muito séria", ele se gabou das qualidades de uns e de outros, do superintendente, do prefeito e seus assessores, dos deputados e do senador. Jimmy não acreditou em nenhuma palavra sequer e em sua cabeça se dizia: "Ele está mentindo, mas esse bando de vagabundos não merece nada melhor." Queria chegar logo à colina Morin, depois de Baudelet. "Não é possível, Baudelet, onde você está? Parece que, sentindo a minha chegada, você se escondeu debaixo da terra." Ao pensar aquilo, ele riu alto. E seus olhos se acenderam com o brilho demente que têm aqueles homens que preferem o espírito do inferno.

Jimmy murmurou entre dentes algo que escapou ao motorista. Quando este lhe pediu que repetisse o que acabara de dizer, ele respondeu que não era nada importante, apenas a lenga-lenga de um homem tomado de emoção. O motorista não acreditou, mas também não insistiu.

Era difícil para o motorista avançar naquela estrada pedregosa. O jeep tinindo de novo, uma SUV amarela, foi uma sensação para os pedestres e para as pessoas nos carros, depois para os camponeses na estrada.

Quando enfim chegaram à subida para Roseaux, Jimmy murmurou: "Eu voltei, e vocês vão ver. Um Mésidor voltou e não é por nada." Dessa vez, ele tinha pronunciado as palavras com mais força para que o motorista as ouvisse e engolisse a seco. Jimmy era do partido dos Ricos, mas tinha seus contatos no partido dos Desvalidos e se preparava com seus cúmplices de ambos os campos para colaborar na desordem.

Tinha que agir rápido, muito rápido. Seu avô, Tertulien Mésidor, estava agonizando, e ele, filho de Mérien Mésidor, repudiado alguns anos antes, queria ser aceito por esse avô que ele nem conhecia. Ser aceito para redimir seu pai. Mas também para tomar, para ocupar. Tertulien, perseguido por causa de suas querelas com os homens de azul, foi se refugiar na República Dominicana e depois retornou às escondidas. Esperando a roda girar. Num país onde a arma mais certa é o apagamento; a defesa que mais vale é a fuga. Deixar a tempestade passar, antes de abrir de novo as asas e uivar com os lobos do momento.

O motorista da SUV amarela contou, no domingo seguinte, na entrada da igreja pentecostal de Roseaux, sobre a chegada de Jimmy, e os empregados de Tertulien nos contaram, no mercado de Baudelet, uma história sobre a última conversa do moribundo com seu neto. Por ter de recebê-los mesmo em nossos campos, sabíamos que os lobos do momento, com ou sem o uniforme das forças armadas do mundo, vinham de todos os cantos para caçar ou desmembrar aquele cadáver incômodo que nos tornamos. Haiti, *yon chaj twò lou*, um espinho no pé da América.

Nós, em Baía Azul e nos outros vilarejos, éramos como um cavalo xucro que não podia ser montado nem pela astúcia, nem pela força. Então fomos confinados num cercado. E ainda cantamos dentro de nós mesmos:

Chèn ki chèn, nou krazé li
Ki diré pou kòd o?
Foi possível quebrar as correntes
O que dizer de uma pequena corda?

39

Quando Tertulien viu esse neto que tinha vindo de tão longe, não permitiu que as lembranças de Mérien viessem à tona e lhe tirassem a alegria.

Marie-Elda, esposa de Tertulien Mésidor, era de uma fragilidade que contrastava com a efervescência ininterrupta do marido. Nenhum empregado se lembrava de ter a escutado falar demais, nem mais alto, nem uma palavra atravessada. Marie-Elda Mésidor parecia olhar do outro lado da vida sem prestar atenção ao que se passava à sua vista, debaixo do seu nariz. Nunca soubemos explicar sua presença naquele lugar, sua presença sobre uma cama ao lado daquele homem.

Se a cada parto ela ficava mais fraca, aquilo não a impediu de, sem derramar uma lágrima sequer, sem nenhum choro, botar dez crianças no mundo, de acordo com a boa vontade do marido: Osias, Boileau, Pamphile, Candelon, Théophile, Joséphine, Horace, Ermite, Madrine e Mérien. Todos, a exemplo de Marie-Elda, obedeciam ao pai sem questionamentos. Todos, exceto Mérien, o caçula, que veio ao mundo com um ferrão envenenado em seu peito. Assim como é para as almas bem-nascidas, o filhote de tigre começou bem cedo a se parecer com seu genitor.

Da última vez que Tertulien bateu em Mérien, todos pensaram que ele o mataria. Com um chicote de nervo de boi, ele tinha laçerado a pele do filho, depois ainda bateu nele com suas próprias mãos, no corpo, no rosto, nos braços.

Parecia que queria fazer sair do filho algum espírito maligno. Mérien aceitou os golpes até que, num momento de ira, uma ira vinda do fundo de suas entranhas, com um impulso de cabeça, como um touro, revidou com todas as forças. Tertulien Mésidor caiu para trás. O filho segurou o pai no chão pelo pescoço, pronto para apertar, com força, seu pomo de adão. Não fossem os gritos da mãe, a intervenção de Osias, o mais velho dos irmãos, e os gritos dos empregados, talvez Mérien tivesse feito algo irreparável. Tertulien, ao se levantar, pegou um facão e ameaçou Mérien, que recuou ainda olhando fixo para o pai. Nenhum empregado da casa e nenhum outro irmão conseguiu segurá-lo. Ele fugiu correndo e ouviu Tertulien às suas costas o amaldiçoando até a quinta geração. Mérien Mésidor, alguns dias depois, soubemos pelos empregados mais falantes, tinha ido encontrar suas tias na América. Isso já faz anos.

Tertulien ficou comovido. O que afrouxou a dor que desenhava em seu rosto terríveis caretas. A sua boca parecia querer tomar todo o ar que havia em seu redor. Um murmúrio inaudível lhe saiu do fundo da garganta. Só teve força para acariciar a mão do neto, tocar os cabelos dele e lhe estender um papel. Pediu que escrevesse o nome dos homens e das mulheres com quem poderia contar. Para qualquer coisa. Para tudo. "Anote, meu filho!"

Tertulien Mésidor, em um último sobressalto, se ergueu na cama e concentrou as últimas forças para fazer estas palavras saírem de sua boca como de um lança-chamas:

“Meu filho, não tenho nenhum remorso e não pedirei clemência a Deus. Por desonras e baixezas, acumulei uma pequena fortuna, bens e bens e ainda muitos bens. Eu sou mais rico do que todos os habitantes dos cinco vilarejos juntos. Nada nunca me impediu de matar, roubar, violar. Nada. Os dias em que tive sangue nas mãos foram muito bons. Dizem que Deus me dava passagem toda vez que eu avançava.”

Ele parou para rir com a boca aberta e os olhos brilhando na demência.

“Eu vi de tudo nesta ilha. Até sua segunda ocupação pela Marinha. Digo segunda ocupação, meu filho, porque haverá outras. E sempre tive esse mesmo respeito de todos, tu entendeu?”

Jimmy assentiu: “Sim, sim.”

E Tertulien agarrou sua camisa:

“Sim, respeito pelo ouro e pelo poder. E nada mais, meu neto, nada mais.”

Tertulien queria falar antes de morrer para ter o prazer de se lembrar de seus crimes. Ele articulou as últimas palavras caindo de volta sobre a cama. Morreu com os olhos esbugalhados.

A notícia da volta de Jimmy se espalhou pelas veredas, foi de uma casa a outra, pelos atalhos. De uma roça a outra. Então nos pareceu que mais uma vez nada tinha acontecido, que o partido dos Desvalidos não tinha nem existido. Alguns de nós começavam a desconfiar das próprias lembranças, chegando a crer que nossas angústias não tinham sido nada além do fruto de uma alucinação coletiva. Que o infortúnio de antes, aquele do homem de chapéu preto e óculos de lentes grossas, fosse talvez melhor do que este que cravava suas presas nas nossas vidas hoje.

Jimmy decidiu retomar tudo e até mais. Ele também seria um flagelo.

"Eu voltei, e vocês vão sentir."

40

Foi Jimmy quem me matou. E tudo começou com o avião. Foi numa quarta-feira, eu havia saído de Baudelet para, como todas as quartas-feiras, voltar a Baía Azul.

É verdade que a primeira vez que o avião sobrevoou Baía Azul, no meio da noite, nós acordamos no susto. E meu pai, ainda dormindo, chamou cada um de nós baixinho, com palavras deformadas pelo medo, como se tivesse uma batata quente na boca. Ele nos chamou para perguntar se tínhamos ouvido aquele barulho estranho acima de nossas cabeças. Completamente zonzos de sono, com os olhos meio fechados ainda, prestamos atenção naquele rugido grave que acabara de rasgar a noite. Primeiro pensamos ser um sinal do céu ou do país sob as águas.

Depois de três voltas sobre Baía Azul, o barulho do avião diminuiu, como se o silêncio o estivesse engolindo à medida que se afastava para o morro de Lavandou. E, depois do que pareceu um tempo muito longo, não ouvimos mais nada.

Acordados bem mais cedo do que o de costume, meu pai, minha tia Cilianise, Yvnel, as crianças, todos conversavam baixinho na frente da casa. As crianças corriam pelas nossas pernas, e seus gritos se misturavam ao canto dos galos e aos uivos dos cães, que se viraram para todos os lados. Falávamos com frases que diziam e que não diziam nada. Uma verdadeira brincadeira de esconde-esconde entre nós. Os segundos estavam todos preenchidos de palavras e, no entanto, entupidos de silêncio. Mas nós nos compreendíamos, como todas as vezes que uma palavra muda, tal qual uma presença obscura, vinha ficar conosco. Toda aquela agitação nos deixou em um estado tumultuoso. Então, às vezes olhávamos para o mar, às vezes para o céu amaciado de azul e rosa como algodão, repousando na encosta das colinas. E eu, Cétoute Florival, ouvi o tempo nos roendo como um exército de ratos.

Altagrâce apontou para o que tinha sido o trajeto do avião logo acima da nossa casa, antes que o tio Yvnel viesse corrigi-la, apresentando um argumento incontestável que parecia ter mais autoridade: ele sabia como era feito um avião, porque Léosthène lhe havia descrito detalhadamente – os assentos, o cinto que se afivela na cintura, as saídas de ar que fazem o estômago revirar, as comissárias que preenchem os formulários para a horda de analfabetos que somos e que todos os dias forçam as portas da América.

Abner evitava a questão do trajeto, que já tinha dado o que falar, mas fez cara de que queria saber e um ar questionador de quem sabia o bastante para estar inquieto, só que nem tanto para compartilhar da inquietude conosco. Torceu os pelos da barba para lá e para cá por alguns dias e se contentou em dizer "Não gosto desse avião. Não gosto do que vai nos trazer." Quando perguntávamos a ele o que queria dizer com aquelas palavras, ele concluía que, em sua opinião, o avião tinha aterrissado nas terras dos Mésidor.

Abner colocou o evento na longa lista daquilo que, fazia alguns meses, viria desacomodar a vida tranquila em Baía Azul, depois de ter estremecido aquela ilha. Cilianise confirmou, com a boca dolorida já de tanto falar.

Oxéna estava prestes a dar sua opinião quando Dieudonné, meu pai, ordenou-lhe com um gesto de mão que ficasse quieta. Depois, olhando para o céu quatro vezes seguidas, ele falou com uma voz que significava que o debate estava definitivamente encerrado. Então, sem precisar mencionar, ficou tão claro para Dieudonné quanto para todos nós que juraríamos a todos que não eram de Baía Azul que não tínhamos visto nem ouvido nada naquela noite.

Puxando a gola de seu blusão esfarrapado, ele concluiu que fazia muito tempo que os Espíritos não eram alimentados e que todos esses acontecimentos estavam ali para nos lembrar disso.

Faço o percurso ao contrário. Uma última vez. Indo na direção da minha segunda morte. A verdadeira.

"Se me procurar, vai me encontrar." Por que essa frase me assombra?

Na segunda vez que encontro Jimmy, já sou uma mendiga do amor.

Esqueci as coisas que queria lembrar e lembro as coisas que deveria esquecer. Mas é assim que é. Meu bon ange, *não me abandone. Estou divagando. Estou divagando...*

Assombrei a vila por três noites. Me esgueirando pelas brechas. Sem carne nem ossos. Carne e ossos já um pouco dissolvidos pelo sal e pela água. Cortando as sombras como a proa de um navio.

Eu não queria deixar Baía Azul. Não daquele jeito. Felizmente, como acontece com frequência, a direção do vento mudou repentinamente à noite: não fui para o alto mar, mas varrida para o outro lado. Vaguei ao longo da costa. Parece que Loko, Agwé, Ainda Wêdo e todos os outros também não queriam que eu deixasse Baía Azul e arredores. Não tão cedo nem tão rápido...

Então, a noite toda, assombrei o vilarejo. Até de manhãzinha. Meu cheiro forte de animal marinho penetrou em todos os lugares sem provocar a menor náusea. Tentei me enfiar pelas paredes das casas do vilarejo, levantar as raras cortinas desfiadas nas janelas capengas, abrir com um estrondo de vento as portas mal presas e berrar seus nomes, ninguém parecia me ver. Ninguém parecia me ouvir. Ninguém. Meu nome ninguém dizia, exceto em soluços abafados.

O cortejo parou, e então os quatro senhores me colocaram na areia. É a segunda pausa que fazem. Estão com sede e pedem água a duas mulheres que deixaram suas ocupações matinais para vir engrossar a pequena multidão que me acompanha.

Nesta manhã o mundo é bonito, o céu logo estará lavado, depois das chuvas. Penso em Abner, que nunca se deixa levar pela desgraça. Que sempre se recusa a ir por seus caminhos escuros. Enquanto eu, há muito tempo sugada pelo vazio, sigo os rastros de Olmène.

41

Altagrâce jurou ter visto Jimmy na estrada entre Ti Pistache e Roseaux, na camionete descrita por Octavius, um homem de Roseaux. Também foi ele que contou sobre o incêndio.

Ele tinha acabado de adormecer. Por ter o sono leve, notara uma agitação e murmúrios do lado de fora. Com o olho numa fresta da janela, Octavius tinha visto de modo distinto os contornos de uma grande camionete nova de cor verde. "Dois homens desceram", ele afirmou. "Reconheci o homem baixo e corpulento que só falava espanhol, ele tinha uma garrafa na mão. O outro homem, provavelmente aquele que dirigia", continuou Octavius, "acendeu um isqueiro. Eu digo a vocês que eles sabiam o que estavam fazendo. Eram especialistas. Vi as chamas se aproximarem do pedaço de pano. Estremeci, pensando: 'Eles não vão fazer isso!', e gritei. Acordei meu irmão Brignol. Acordei minha mãe. O braço do homem atarracado se esticou, e a chama fez um arco em nossa direção. A garrafa bateu na madeira da janela e eu fui para trás. A explosão quase estourou meu tímpano. As chamas correram pelo chão de madeira, craquelando, crepitando, as crepitações invadiam tudo. Saímos correndo para escapar do incêndio e do cheiro sufocante de gasolina. E todos nós ouvimos o motorista dizer claramente: 'Da próxima vez, vamos te matar, Octavius. Isso é um aviso.' Me segurei para não mijar nas calças. Porque esses homens são terríveis."

Então, em voz baixa, ele contou a Altagrâce que, dois dias depois, Jimmy o ameaçou de modo ainda mais grave: "Da *próxima vez, eu vou te cortar em pedacinhos, seu* massisi,* *antes de acabar contigo." Ele disse isso escorado em seu carro, com um palito de dente na boca. Eu queria pedir que Altagrâce ficasse quieta. Que parasse de espalhar fofocas. Mas eu não disse nada. E também não disse nada para Cocotte e Yveline.*

"Onde você conheceu o homem atarracado?" "Como foi que conheceu Jimmy?" Octavius se enredou em explicações confusas. Na verdade, ele trabalhava para Jimmy. Para a mãe dele, seus vizinhos, todo mundo. Mas ninguém acreditou. No dia seguinte, cruzei com Octavius e o odiei, com sua cara de dedo-duro e de...

"Invejoso!", repeti para mim mesma muitas vezes.

Então, quando o avião sobrevoou Baía Azul pela segunda vez, já éramos pessoas informadas. Éliphète estava certo. Mais certo do que Abner. Eu queria saber mais. Aí fui à caça. À caça de um vagabundo.

No dia seguinte, surpreendi Jimmy, não muito longe da Blue Moon, entregando um pacote para Octavius. Jimmy me viu e correu para me pegar. Quando voltei para casa, não contei nada. Tive muito medo de complicar ao tentar explicar as coisas. Preferi engrossar a camada de silêncio em que me fechava a cada dia, num túmulo de esquecimento. Cedi ao sono como alguém que se entrega à morte. Acaso não nasci num tempo em que a vergonha não existe?

Apesar das recomendações e dos alertas dos professores, da rádio, dos membros do Conselho Administrativo da Seção Cumunal, que passaram para nos avisar que um grande fu-

---

* *Massisi*: homossexual.

racão atingiria a costa, eu me demorei no caminho. Vai saber por quê.

Há essas grandes quantidades de sal e de espuma na areia.

Mas, naquele entardecer de três dias atrás, eu não tinha visto nada disso. Nada. Estava muito ocupada em tentar respirar. Ocupada demais tentando não ver tudo o que estava para acontecer.

"Não faça nada de que possa se arrepender", repetia a minha mãe. "Não faça."

Mais tarde, o vento soprava sem parar. Arrancando os galhos das árvores. Levantando as folhas em revoadas. Pensei nos sermões do pastor Fortuné na igreja pentecostal sobre a Arca de Noé, que nos contavam Ézéchiel e Oxéna. E imaginei que o mar tinha tomado o lugar do céu, e toda a água era despejada sobre nós. De verdade, eu acreditei. E achei que logo os homens, as mulheres, os animais e as crianças...

Trombas d'água vindas do céu negro caíam sobre Baía Azul e sobre o mar violeta. O vento, em toda aquela água, se desprendia, formando turbilhões de ar e de chuva, formando ondas gigantes que quebravam nos rochedos, virando árvores, levando telhados, levando as palhas.

Muito rapidamente, raios laceravam o céu e rugiam como velhas cabaças. Fingi não ouvir os conselhos. Para voltar para casa. Na verdade, fiquei escondida nos bayahondes *no alto do morro.*

Me arranho, perco o equilíbrio. Cuspo mais água em gorgolejos sonoros na superfície da água. Meu coração de repente para o seu livre percurso.

Loko, na voz do vento, soprou a tarde inteira até me fazer claudicar, até me fazer dobrar os joelhos. É um desses furacões com ventos que encantam e que enlouquecem. Ele se levantou com um estrondo, batendo contra minhas têmporas. De repente uma alegria nua me assaltou. Guardo a lembrança de uma espécie de êxtase tomando conta de mim. Eu estava livre no vento. No mar. Em sintonia com o grande coração selvagem. Atravessando redemoinhos violentos. Tive vontade de gritar: "Meu amor, onde você está? Não tenha medo. É apenas o fascínio da lua. É só isso, meu amor."

E então, por cima da minha cabeça e contra a minha nuca, duas mãos me obrigam a submergir nas ondas. Contra a minha vontade. Apesar do ar que começa a me faltar, me mexo em todas as direções. Meus gestos são brutos e desesperados. Eu me debato com toda a força dos braços, com toda a força das pernas. Me debato até a exaustão. Até que o fôlego me abandone.

Agora perco a força. Bebo água até asfixiar. Desmorono como um animal abatido. Entre as minhas coxas, uma mão, uma carne que me rasga. Eu me viro. Meus olhos incrédulos se reviram. E, de repente, a escuridão líquida. Cada vez mais fria. Naquela noite de vento e água, ele me agarrou pelos ombros e segurou a minha cabeça debaixo d'água antes de mergulhar nos arbustos.

Ao se aproximarem de Baía Azul, apesar do enorme cansaço, os quatro homens apertaram o passo. Eu vi ao longe a nossa casa e todas as outras, ainda envoltas por uma bruma de fábula. Todos os rostos se viraram para o norte. Na direção do cortejo que avançava. Os homens transpiravam gotas grossas. Seus braços, de algum modo robustos, tremiam. Uma morte pesa muito.

Ouço uma espécie de som incontrolável, como uma coisa que sai do ventre de um animal degolado. E que, depois de ter cavado seu buraco nos ossos e no mais fundo da carne, ergue o peito, fecha a garganta e solta o ar pela boca. Minha mãe grita o meu nome de forma bem nítida, em agudos ensurdecedores: "Cétouuuuuuuute, Cétouuuuuuuute."

Baía Azul chora, mas logo Baía Azul fará de tudo para que eu não fique vagando por aí. Para que todos possam rapidamente pensar em mim sem serem sugados para o outro lado. Só voltarei para lhes fazer o bem. Existe o lado da tristeza, que ainda pertence à vida, e existe a barreira da morte.

42

O sol já tinha desfeito os últimos farrapos de nuvens quando Abner avistou um cortejo vindo de Pointe Sable chegar do lado norte da praia de Baía Azul. O grito de sua mãe, Philomène, rasgou o ar e fez o céu se fechar... Dieudonné, vociferando de dor, segurou-a como pôde. Abner se sentiu muito sozinho. Sozinho. Desesperado. Esperou um momento e engoliu a seco, apesar de tudo. Seus lábios começaram a tremer, e a visão ficou turva. Sentiu vontade de chorar e lutou contra ela esfregando rapidamente os olhos na dobra do cotovelo. Ele foi ao encontro do cortejo. Nós o vimos sair e o seguimos. Pegou o celular e discou o número da delegacia de Roseaux. Pela primeira vez, homens de ordem e justiça pisariam nas terras de Baía Azul.

Depois de falar com eles, nos disse que havia encontrado a coragem que pensava ter perdido para sempre. Pensava na colheita, que seria mais generosa este ano graças aos trabalhos de irrigação de Jean-Paul e François, graças à construção do dispensário de Pentecostes que estava para ser concluída, graças à cooperativa que tinha chegado ali. Tudo aquilo trouxe um pouco de alento ao coração. Por alguns segundos. Apenas alguns segundos. Ele não desistiu... Ele seguiu em frente. Ele quase cambaleou.

Então seguimos Abner, bem à vontade nos *bayahondes* que borravam a estrada à nossa frente. O caminho para o amanhã. Esses matagais onde não víamos nenhuma saída se abrindo. Ao contrário de nós, Abner, com um facão invisível, parecia estar arrancando os arbustos e seguindo em frente. Ajustamos nossos passos aos dele.

43

Minha verdadeira morte começará quando me lavarem, quando cortarem as minhas unhas e algumas mechas de cabelo, que serão cuidadosamente conservadas em um frasco. E Dieudonné, meu pai, Cilianise, Fanol e todos os outros confiarão a mim as mensagens para aqueles e aquelas que eu verei ou reencontrarei antes deles. Dieudonné sussurrará as três frases sagradas nos meus ouvidos. Vou sozinha por sob as águas, deixando meus deuses protetores na água da cabaça ao meu lado.

Quando, depois de quarenta dias, me tirarem da água, meus olhos enfim encontrão a luz, e para os meus isso será o começo de uma cumplicidade com eles. Minha morte não será um tormento. Eu curarei as feridas. Eu adoçarei as amarguras. Eu intercederei junto aos lwas *e aos Invisíveis.*

Pedirei à Altagrâce e à minha mãe, se eu puder, que me vistam com meu vestido branco, parecido com o de Érica, do folhetim "All my children", e que me calcem as sandálias vermelhas de salto alto. Altagrâce, minha irmã, sabe exatamente onde elas estão, em uma mala debaixo da minha cama.

Adoraria chegar à Guiné ou junto do Grande Mestre com um vestido de rainha e os pés vermelho-fogo. É assim que sou feita. Sou filha de Fréda.

ÁRVORE GENEALÓGICA

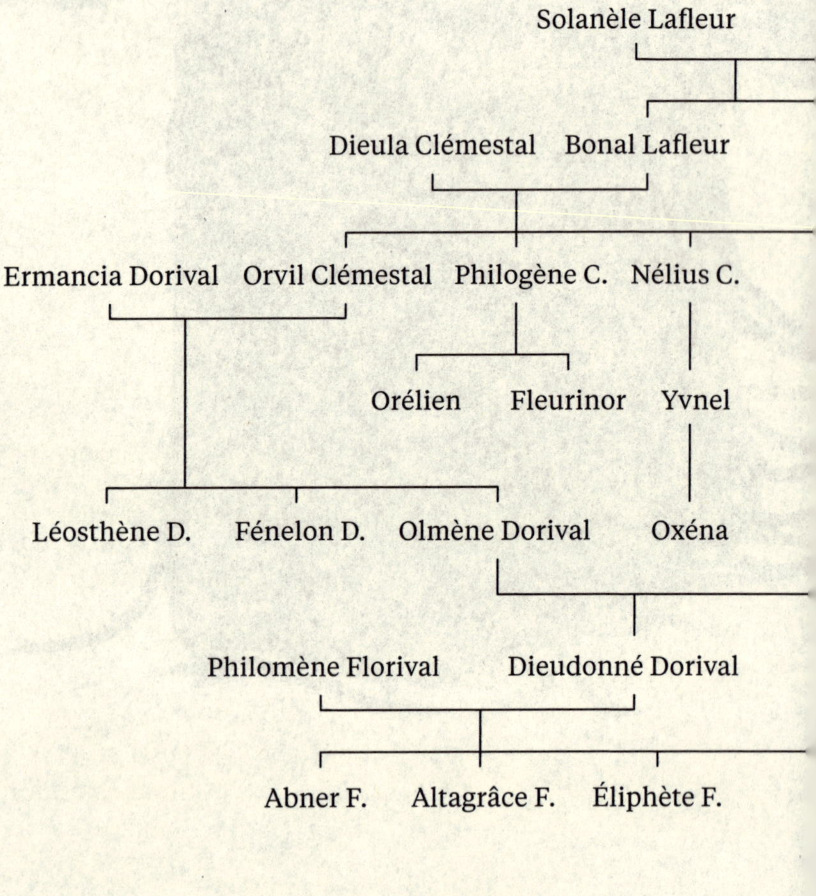
Solanèle Lafleur
Dieula Clémestal
Bonal Lafleur
Ermancia Dorival
Orvil Clémestal
Philogène C.
Nélius C.
Orélien
Fleurinor
Yvnel
Léosthène D.
Fénelon D.
Olmène Dorival
Oxéna
Philomène Florival
Dieudonné Dorival
Abner F.
Altagrâce F.
Éliphète F.

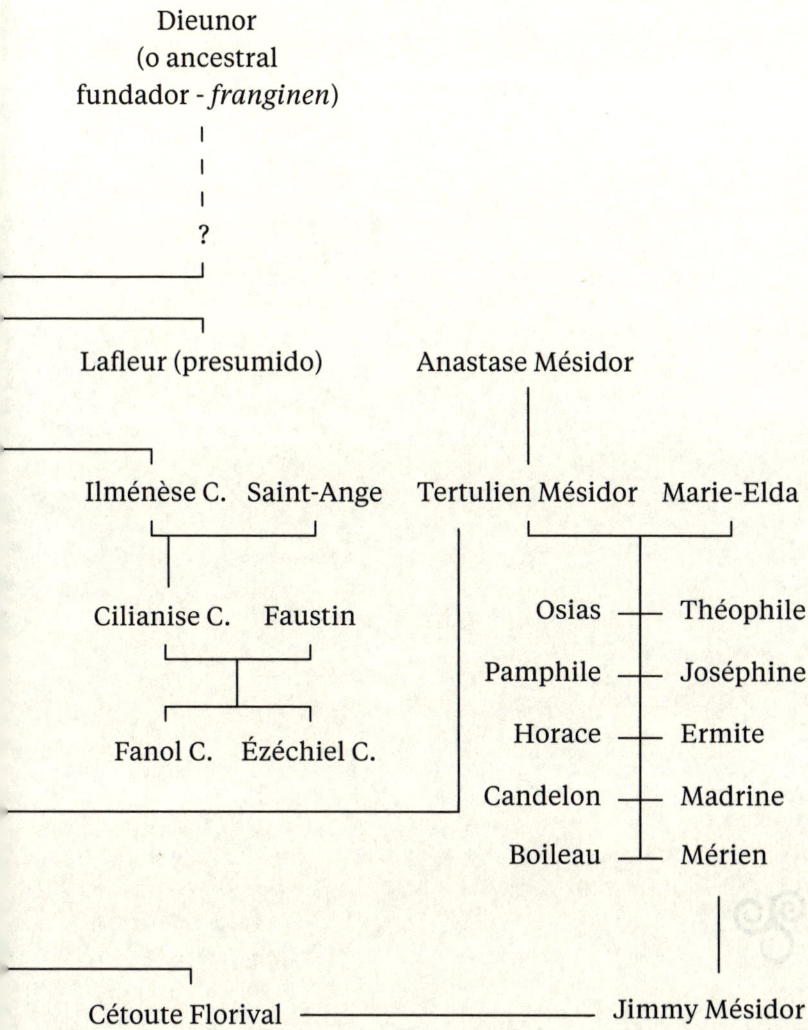
Dieunor
(o ancestral
fundador - *franginen*)
?
Lafleur (presumido)
Anastase Mésidor
Ilménèse C.
Saint-Ange
Tertulien Mésidor
Marie-Elda
Cilianise C.
Faustin
Osias
Théophile
Pamphile
Joséphine
Horace
Ermite
Candelon
Madrine
Boileau
Mérien
Fanol C.
Ézéchiel C.
Cétoute Florival
Jimmy Mésidor

Este livro foi editado pela Bazar do Tempo na cidade de
São Sebastião do Rio de Janeiro e impresso em papel pólen bold
70g/m² pela gráfica Margraf, em setembro de 2025. Foi usada a
fonte Tiempos Text, de Kris Sowersby.